Z세대, 맹자로 세상을 바라보다

Z세대, 맹자로 세상을 바라보다

초판 1쇄 인쇄_2022년 2월 10일 | **초판 1쇄 발행**_2022년 2월 15일
지은이_이재욱 · 손나영 · 김은송 · 이현수 · 김나영 | **엮은이**_정우민
펴낸이_진성옥 외 1인 | **펴낸곳**_꿈과희망
주소_서울시 용산구 한강대로 76길 11–12 5층 501호
전화_02)2681–2832 | **팩스**_02)943–0935 | **출판등록**_제 2016–000036호
e–mail_jinsungok@empal.com
ISBN_979–11–6186–120–3 43810

2022 대구광역시교육청 책쓰기 프로젝트
동문고등학교 인문고전토론 동아리의 맹자 진로 탐구

고등학생의 진로 맹자 백서

Z세대, 맹자로
세상을 바라보다

이재욱 · 손나영 · 김은송 · 이현수 · 김나영 지음

정우민 엮음

꿈과희망

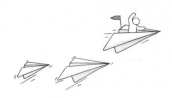

대한민국 인문계 고등학생은 참 바쁩니다. 내신 시험 준비를 위해 수업 시간에 열중합니다. 생활기록부 관리를 위해 교내 대회를 준비하고 학교 행사에 참여합니다. 자율 학습을 하고 학원을 갑니다. 늦은 밤 집에 돌아오면 수행평가와 과제가 기다립니다. 숨 돌릴 틈 없는 하루가 내일도, 모레도 이어집니다.

떨어지는 나뭇잎에도 웃는다는 고등학생입니다. 가슴 설레는 진한 사랑을, 입이 귓가에 걸릴 만큼 큰 웃음을, 쏟아지는 비처럼 눈물을 흘려봐도 좋을 나이인데. 고생한 만큼 저마다 결실을 얻기를 바라지만 한편으로 걱정스럽습니다.

항구 연안을 빙글빙글 수 십 년 돌기만 한 선박과 바다 멀리 풍랑을 거치며 항해한 선박이 있습니다. 같은 시간이지만 두 선박이 살아온 삶의 질감과 밀도는 다를겁니다.

하루하루 충실히 살아가는 아이들이 항구 연안만 돌고 있는 것이 아닌가 싶을 때가 있습니다. 자신이 어떤 사람이 되고 싶은지 알지 못하고, 자기 마음이 어떤 상태인지 깨닫지 못하는 모습을 볼 때면 말이지요.

유달리 싱그럽고 따뜻한 봄날이었습니다. 새로운 학년을 시작하는 설렘과 코로나 19로 인한 답답함, 미래에의 두려움과 기대, 화단을 수놓는 햇볕의 반짝거림과 봄바람이 살랑대는 소리의 사이로 아이들에게 물었습니다.

"얘들아, 우리 〈맹자〉 한 번 읽어보지 않을래?"

길거리에서 마주하는 '도'를 아느냐고 물어보는 사람도 아니고,

마음이 말랑말랑해지는 따뜻한 에세이도 아니고.

〈맹자〉라니.

"에이, 선생님. 〈맹자〉를 우리가 어떻게 읽어요."

"어렵고 재미없을 것 같아요."

아이들의 뜨거운(?) 반응이 돌아옵니다. 아랑곳하지 않고 더 건네봅니다.

"우리 〈맹자〉 읽고 책쓰기까지 한 번 해보자. 〈맹자〉를 읽으면서 나와 세상을 바라보는 눈을 넓히고 마음의 힘을 키울 수 있을 거야."

그렇게 시작했습니다.

바쁜 일상 속에서 얼굴을 마주하기가 어려워 비대면 화상 플랫폼을 활용해 늦은 시간에 만나더라도, 과제에 치이고 때로 텍스트의 부담감에 먹먹하더라도 우리는 〈맹자〉를 읽어 내려갔습니다. 2000년 전, 드넓은 중국 대륙을 종횡한 맹자라는 사람이 보이기 시작합니다. 그가 바라본 세상 속에서 오늘날 우리 사회의 차별과 편견을 이야기했습니다. 그가 바란 군주와 군자의 모습에서 친구들과 나와의 관계를 돌아봤습니다.

때로 맹자가 아이들에게 물었습니다.

"지금 마음은 어떠니?"

가족과의 관계에서 상처받은 이야기를 합니다. 재능이 부족해 보

여 작아지는 마음을 털어놓습니다. 넓기만 한 세상에서 앞으로 무엇을 해야 하나 고민을 내놓습니다. 시나브로 맹자는 우리 옆에서 묵묵히 이야기를 들어주는 친구가 되었습니다.

맹자는 인의예지가 모두 마음에 있으며 그 본성이 겉으로 드러난다고 했습니다. 맹자를 만나면서 아이들의 얼굴에 웃음 한 조각이, 자신감 한 뭉치가 새겨진 것이 제 착각이 아니라 믿습니다.

맹자를 말하고 맹자를 통해 세상을 바라보았습니다. 생각과 느낌과 감정과 성찰을 책쓰기로 그려냈습니다. 새하얀 도화지 위 청춘의 수채화를 기껍게 감상해 주셨으면 합니다.

짧지만 깊었을 수개월이 아이들 걸어갈 길에 하나의 이정표가 되길 바랍니다. 이정표를 비추는 별처럼 도움주신 분들이 떠오릅니다. 책쓰기 활동을 진두지휘해 주신 대구시 교육청 김정희 장학사님, 아이들을 위한 진심 어린 조언과 격려를 아낌없이 주신 박정곤 교장선생님, 뭐든 필요하면 말만 하라며 응원해 주신 정광재 교감선생님, 아이들을 소중히 여기시고 책쓰기의 진정한 의미를 알려주신 이금희, 김은숙 선생님, 처음 해보는 책쓰기에 든든함이 되어주신 꿈과 희망 그리고 많은 분들 감사합니다.

모든 공은 좋은 분들의 마음 덕분이라고 믿습니다.

마지막으로 2021년 한 해 동안 저를 믿고 끝까지 따라와 준 김나, 은송, 손나, 재욱, 현수에게 감사의 마음을 전합니다. 다섯 명의 꿈이 이루어진 미래의 어느 날, 다시 한번 맹자와 함께 할 시간을 상상합니다.

늘 행복하세요.

2022년 1월
정우민

이젠 필터를 벗을 시간

이재욱

about 이재욱

대구에서 태어나 영화로 여러 인물의 삶을 보는 것을 마냥 즐기는 학생이다. 중학생 시절, 우연치 않게 책쓰기 동아리에서 활동해 단편 시나리오를 썼다. 사회복지 동아리의 일원으로 있으면서 작은 손길이라도 필요한 사람이 많다는 것을 느꼈다. 영화 속에서 도움이 필요한 사람과 비슷한 처지에 놓인 인물들을 관찰하며 그들이 느낄 감정에 대해 많이 고뇌했다. 모두가 행복한 이상적인 세상을 항상 상상해왔으며, 맹자를 통해 '차별'에 대해 내가 보고 들은 사연을 이번 기회에 풀어보았다.

1장. 프롤로그

1. 왜 이 글을 쓰려고 하나요?

형제자매가 있는 대부분 사람이라면 서로 다투어 봤을 것이다. 나 또한 세 살 터울 동생과 별것 아닌 문제로 자주 싸운다. 동생에 대해 잘못된 생각을 하고 살아왔다. 동생은 나보다 어리니까 내 말에 순종해야 하고, 나보다 지적 수준이 낮다고 판단했다. 내가 하는 말은 항상 옳은 말이고, 동생의 말은 항상 틀린 말이라고 느꼈다. 엇갈린 주장은 나와 동생의 사이를 멀어지게 했고, 대화하고 함께하는 시간은 현저히 줄었다.

갈등을 지속할수록 나는 계속 스트레스를 받았다. 동생을 도저히 이해할 수 없었고 그의 주장이 이기적인 발언이라고 느꼈기 때문이다. 나는 동생의 성격부터 행동, 태도, 주장까지 그를 내 마음대로 고치고 싶었다. 그래야 동생과 다시 친해지리라 생각했다. 나는 동생을 고치고자 '동생과 친해지는 법'을 인터넷에 검색했다. 검색하면서 공통으로 느낀 점은 나를 중심으로 생각했다는 것이었다. 아무리 같은 집에서 형제로 자랐어도 각자가 가진 성격, 각자가 겪은 상황, 각자의 입장이 나와는 다르다는 점을 알았다.

맹자의 한 구절을 통해 내가 이때까지 동생을 어떻게 대했는지를 돌이켜 볼 수 있었다.

君之視臣如手足; 則臣視君如腹心. 君之視臣如犬馬, 則臣視君如國人. 君之視臣如土芥, 則臣視君如寇讎. (이루 하편 5)
"군자가 만약 신하를 자신의 손발처럼 소중하게 여기면 신하는 군주를 자신의 배와 심장같이 여길 것입니다. 군주가 만약 신하를 개나 말처럼 하찮게 여긴다면 신하는 군주를 자신과 아무 관계 없는 보통 사람으로 여길 것입니다. 군주가 만약 신하를 흙덩이나 지푸라기같이 천하게 여긴다면 신하는 군주를 원수로 여길 것입니다."

왕이 신하를 소중히 여기면 신하도 왕을 존경할 것이고, 왕이 신하를 천하게 여기면 신하도 왕을 떠받들지 않는다는 말이다. 왕과 신하의 관계뿐만 아니다. 부모와 자녀, 선생과 제자, 친구와 친구, 형과 동생 사이에서도 적용된다. 맹자의 구절을 읽고 내가 동생을 막 대하고 꾸짖는다면 동생도 나를 그리 좋게 보진 못하며, 내가 동생을 소중히 여겼어야 동생도 나를 존중해 준다는 것을 깨달았다.

나는 스스로 남과 잘 소통하는, 남의 감정을 잘 공감하는 사람으로 생각했지만, 막상 가까운 동생을 헤아려주진 못했다. 동생을 완벽히 이해할 수는 없어도 맹자의 구절을 통해 동생이 겪는 기분은 어떨지 처지 바꿔 생각해 볼 필요를 느꼈다.

동생을 대하는 말투를 강요보다 제안하는 식으로 고치려 노력했다. 덕분에 예전보다 싸움이 심하게 일어나지 않고 오히려 서로 대화하는 시간도 늘어났다.

말하고자 하는 바는 사람마다 가지고 있는 성격, 겪어온 환경 등이 다르다는 것이다. 성립된 가치관 또한 저마다 다르며 여러 상황에 따라 느끼는 기분, 감정, 취하는 태도가 모두 다르다. 하지만 사람들은 하나의 삶을 살아왔기에 자기중심적인 사고를 하게 되며, 이는 나의 사례처럼 갈등이나 문제를 발생시키는 요인이 될 수 있다.

그중 대표적인 문제로 차별을 꼽을 수 있다. 차별은 부당하게 구별하여 대우하는 행위를 뜻하며, 고정관념과 편견으로 발생한다. 하지만 차별받는 모든 이들이 악의를 품고 다른 피부색, 다른 국적, 다른 종교, 다른 성 등을 가진 것이 아니다. 사람들은 날 때부터 저마다 고유의 특징을 가지고 있으며, 저마다의 신념이 다른 것이다. 남에게 해를 끼치면 문제가 된다. 하지만 피부색이 남에게 피해를 끼치는 요소가 될까? 장애를 가진 사람은 남에게 해를 가할까? 그렇지 않다. 단지 고정관념에 치우쳐 차별받는 이들을 이상하고 일부러 남에게 해를 가할 것으로 생각할 뿐 그들은 악의를 가지고 문제를 일삼지 않는다.

나는 동생뿐만 아니라 타인의 상황을 고려하지 않는 태도를 바꾸고 남을 공감하는 마음을 키우고자, 나아가 많은 사람들이 자기중심적인 사고에서 벗어나 누군가의 말에 귀 기울여주고 이해하는 태도를 보일 수 있도록 차별의 몇몇 사례와 함께 글을 쓰려고 한다.

2. 어떤 태도를 가져야 할까?

어릴 적 집안 형편이 좋은 편은 아니었다. 아버지 혼자 일하시면서 벌어들인 수입은 다섯 식구가 여유롭게 생활하기엔 턱없이 부족했다. 그러나 덕분에 복지혜택을 많이 받을 수 있었다. 학원은 못 다니더라도 방과 후 프로그램을 무료로 지원받아 영어와 코딩, 드럼 등 다양한 경험을 할 수 있었고, 중학생 때는 장학금을 받아 다닐 수 없었던 수학학원에 등록해 높은 성적을 유지할 수 있었다.

문화적인 지원도 받을 수 있었다. 엄마와 손잡고 처음 영화관에서 해리포터를 관람한 여덟 살은 내용을 이해할 수 없더라도 신세계를 경험했다는 듯이 방방 뛰었다. 넓은 스크린 속에서 펼쳐지는 마법들이 자꾸 신기하게만 느껴졌다.

중학생 2학년부터는 사회복지사 선생님을 만나 복지와 관련된 활동도 많이 참여했다. 선생님의 권유로 복지동아리에 가입한 나는 이때까지 들어만 봤던 연탄 나르기도 직접 해보고, 학교에서 몇몇 친구와 선생님들이 함께 김치를 담가 김장김치를 이웃에게 나누어주는 활동도 해봤다. 그 밖에도 노인정에 가서 할머니, 할아버지들께 말동무가 되어 마사지도 해드리고, 캠페인 활동으로 춤도 추는 등 다양한 활동을 하며 재미를 느꼈다.

내가 해왔던 활동들은 내게 재미와 생기를 불어넣었다. 많은 혜택을 누리며 행복을 느꼈다. 그러던 어느 겨울, 이른 아침, 뿌연 안개 때문에 앞이 잘 보이지도 않는 골목길에서 폐지를 줍고 계신 어떤 할머니를 보았다. 허리를 숙여 땅에 있는 종이상자 하나를 접어 낡은 유모차에 꽉꽉 눌러 담으셨다. 노후가 되어서도 마음 편히 있지 못한다는 것이 안타까웠다.

할머니께서 폐지 줍는 걸 본 이후부터 내가 사회에 도움이 되고자 하는 욕구가 넘쳐났다. 무거운 수레를 끄는 할아버지를 도와준다든지, 헌혈할 수 있을 때마다 한다든지, 담배꽁초가 길바닥에 떨어진 걸 보면 주워서 쓰레기통에 버린다든지 등 말이다. 심지어 봉사동아리의 부원으로도 있으면서 누군가에게 도움이 되는 일을 개의치 않게 하다 보니 내가 이제껏 겪어보지 못한 새로운 행복함과 뿌듯함을 느꼈다. 그러면서 진로도 자연스럽게 사회복지사로 잡게 되었다.

사회복지사가 진로로 정해지자 그 직업과 연관된 요소들을 이것저것 찾아보았다. 그러다가 차별에 대해 관심을 두게 되었는데, 그 계기가 2015년에 일어난 찰스턴 교회 총기 난사 사건을 통해서였다. 21세의 백인이 인종 혐오의 감정으로 흑인이 주로 다니는 교회에 들어가 성경공부 중이던 아홉 명의 흑인을 무차별 난사한 사건이다. 단지 흑인이라는 이유만으로 사람을 죽인 게 이해가 안 갈뿐더러 유가족이 느낄 슬픔을 보면 나 또한 가슴이 미어졌다.

차별에 대해 더 조사해 보니 백인 우월주의 단체인 'KKK'의 만행은 더욱 끔찍했다. 인종차별이 더욱 심했던 1800년대 미국에서 그들은 밤이 되면 하얀 두건을 쓰고 밖을 돌아다니는 흑인을 대거 죽였다고 한다. 충격이었다. 단순히 피부색이 다르다는 이유 하나만으로 생명을 쉽게 죽일 수 있다는 것이 말이다.

차별의 몇몇 사례를 보며 차별을 하는 사람들이 이해되지 않았는데, 나는 이제껏 차별하지 않는 깨끗한 사람이었는지 궁금증이 들었다. 오히려 나도 모르게 차별을 하고 있진 않았는지 되새기고 사회복지사의 자질을 가지고자 차별의 원인과 차별을 없애는 태도에 대해 알아봤다.

우리 마음속에는 차별의 원인 중 하나인, 편견이 있다. 많은 사람은 편견을 있어도 잘 인식하지 못한다. 내게 있는 편견은 다른 사람도 당연하다고 생각할 상식으로 여기기 때문이다. 많은 사람은 게임이나 일을 하다가도, 또는 일상적인 대화를 하면서 원치 않았지만, 무의식적으로 누군가를 비하하는 행동을 하거나 차별적인 언어를 구사할 수 있다. 생각 없이 내뱉은 말이나 행동은 몇몇 사람에게 상처가 되며 무의식적인 편견은 차별을 없애지 못하는 요인 중 하나이다.

누구나 충분히 차별할 가능성이 있다. 그 가능성을 줄이고 내 안의 편견을 고치려면 어떤 마음을 가져야 할까?

1) 먼저, 내가 언제든지 틀릴 수 있음을 상기하자

학생들은 수학 문제를 풀고 나서 채점한다. 하지만 가령 "나는 똑똑하니까 무조건 맞을 거야.", "귀찮으니까 다음에 채점해야지."와 같은 생각으로 채점을 미루거나 하지 않는다면 어떨까? 잘못 풀었던 문제를 제때 짚고 넘어가지 못해 훗날 그 문제를 다시 보거나 시험에 나오는 여러 유형의 문제를 어떻게 푸는지 몰라 틀릴 것이다. 학생은 이를 방지하고자 자신이 어느 부분에서 어떤 점이 모자랐는지를 채점을 통해 알아내고 유형의 확실한 풀이법을 공부하여 한층 더 성장해나간다.

우리들의 생각은 교과서에 나오는 문제와도 같다. 모르는 문제를 확실히 해결하지 못하고 넘어갔다가 비슷한 유형을 틀리는 것처럼, 머릿속에 박힌 고정관념이 편견인 줄 모르고 넘어갔다가 어느 날 나도 모르게 언어나 행동으로 누군가를 차별할 수 있다. 편견을 고치는 첫 번째 마음가짐은 누군가에 대한 나의 관점이 틀릴 수 있다고 생각해 보자. 여자는 돈을 벌어올 능력이 없고 남자는 집안일을 할 능력이 없다고 여긴 옛 사고방식은 현대 세계에선 잘못된 관점이다. 내가 틀릴 수 있다는 마음가짐은 나의 편견을 고치는 출발점이 되게 해주며, 누군가의 지적을 피드백으로 받아들이는 관용적인 태도를 지니게 해준다.

愛人不親反其仁, 治人不治反其智, 禮人不答反其敬. (이루 상편 7)

"다른 사람을 사랑하는데도 그가 나를 친하게 여기지 않을 경우는 자신의 사랑하는 마음을 반성해 보고, 다른 사람을 다스리는데도 다스려지지 않을 경우는 자신의 지혜를 반성해 보고, 다른 사람에게 예를 갖추어 대하는데도 그것에 상응하는 답례가 없을 경우는 자신의 공경하는 마음을 반성해 보아야 한다."

다른 사람을 차별하지 않았는데도 그가 자신 때문에 상처받고 차별을 호소하는 경우는 자신의 사고와 행동을 돌이켜보자. 편견이란 벽을 내리고 새로운 사고와 판단력을 가짐과 함께 차별을 없앨 수 있는 거름이 될 것이다.

2) 차별을 경험한 사람들에게 귀 기울이려 노력하자

난 우리나라에서 전쟁이 발발한 어떨지 가끔 상상한다. 내가 총알에 맞아 죽는다는 두려움, 소중한 사람과 예기치 않은 이별의 슬픔, 부족한 식량으로 느끼는 허기 등 여러 가지 많은 감정을 생각할 테다.

우린 전쟁이 일어나면 느낄 감정을 어떻게 상상할 수 있을까? 사람들은 전쟁과 관련된 역사를 다양한 매체로 접하고 이를 통해 우린 전쟁이 일어나면 어떨지 상상해 볼 수 있다. 하지만 전쟁에 대해 어떠한 이야기도 듣지 않는다면 그 당시 사람들을 공감하지 못할뿐더러 어떤 기분이었을지 생각하기 어려울 것이다.

우리가 차별을 이해하고 편견을 고치려면 차별을 경험한 사람들의 이야기에 집중하도록 귀 기울이는 것도 도움이 된다. 차별을 겪은 사람들을 완전히 이해할 수는 없어도 그들의 말에 집중한다면 그들이 어떤 감정을 느낄지, 내가 그 상황이라면 난 어떤 기분일지 상상하고 어느 정도 공감할 수 있을 것이다. 더불어 어느 부분에서 내 머릿속에 있던 고정관념이 잘못 작용하였는지 확인할 수 있다. 누군가의 이야기를 진중히 들으며 자신의 태도를 성찰하는 것도 좋다.

3) 평소에 사용하는 언어를 성찰하자

우리 생활 속에서 비속어는 많은 부분을 차지한다. '간지', '가오'처럼 일본어를 한국어에 섞어 쓰고, '급식충', '틀딱충' 등 특정 단어에 벌레를 뜻하는 '충'을 붙여 사람을 벌레 보듯 경멸하는 신조어 등 비속어는 개그적인 요소나 장난을 넘어 우리의 일상 속에도 많이 사용되고 있다. 몇몇 사람들은 생각 없이 비속어가 입에서 튀어나오기도 한다. 비속어의 사용이 잦아지면서 언어 장애인을 '벙어리', 흑인을 '검둥이', 다문화가정 자녀를 '잡종', '혼혈아' 등등 특정 사람을 낮잡아 부르는 차별적인 말들 또한 자신도 모르게 튀어나온다는 것이다.

아이돌 출신 가수 전소미는 어릴 적 학교생활 중 특이한 외모로 '잡종'이란 단어를 들었으며 당사자는 물론, 그녀의 아버지 또한 속상했다고 밝혔다. 우리의 입에서 나오는 말은 강한 힘이 있어서 누군가에게 힘을 실어줄 수 있는 매개체가 되지만 험하게 사용했다간 누군가에게 쉽사리 상처를 입힐 수 있는 무기가 될 수 있다.

우린 평소에 사용하는 언어를 성찰할 필요가 있다. 평범한 대화를 주고받을 때에도 머릿속에서 괜찮은 표현인지 아닌지 곱씹어보며 말을 조심하는 습관을 기른다면 차별적인 태도를 줄임은 물론이거니와 앞으로 살아가면서도 많은 도움이 될 것이다.

세 가지의 방법만 기억하고 상기해도 마음 한구석에 자리 잡은 편견을 인식하고 없앨 수 있다. 더불어 세상을 바라보는 관점이 많은 사람을 이해할 수 있다. 개인적으로 사회복지사를 꿈꾸고 있다. 사회복지사로서 필요한 자질인 관용적인 태도도 가질 수 있을 것이다.

2장. 우리보다 못났어요

1. 쟤는 더러울 것 같아요

장애아동들이 입학할 수 있는 학교는 크게 두 가지로 분류된다. 장애아동들이 각 아동의 장애특성마다 개별화 교육을 하며 장애아동만 입학하는 특수학교와 비장애 아동과 함께 통합교육을 하고 특수학급에서 개별화 교육을 하는 일반학교로 나뉜다.

국내에 수립된 특수학교는 수가 워낙 적어 입학하기가 매우 힘들다. 그래서 대부분 장애아동들은 일반학교에 입학하게 된다. 하지만 일반학교에는 아무래도 비장애 아동과 장애아동을 같이 교육하고 비장애 아동이 수적으로 많다 보니 장애아동들은 자연스럽게 놀림거리나 차별의 대상이 되곤 한다.

초등학생 시절에 난 한 장애학생과 같은 반이었다. 지적장애를 가지고 있던 아이가 밝은 미소를 지으면 또래의 아이들에게 멍청한 표정으로 묘사되었고, 아이가 수업 중 선생님께 질문하면 상황에 맞지 않는 엉뚱한 말을 한다고 킥킥 웃어댔다.

내가 차별의 심각성을 느낀 점은 외모로 말미암은 편견이었다. 내 또래의 친구들 모두, 장애를 가진 아이가 우리보다 수준이 낮으니 자기관리를 하지 않을 거라고 수군거렸다. 마른 몸이 마치 송장처럼 보인다고 말하는 친구들도 있었다. 아이가 수업에 필요한 준비물을 준비하지 못해 다른 친구들에게 도움을 요청했을 때는 장애인의 손을 거치면 자신들의 준비물이 더러워질까 봐 서로에게 떠밀었다.

수업을 진행하기 위해 네 명이 함께 한 조를 구성할 때에도, 장애를 가진 친구와 같은 조가 되지 않기 위해 선생님께 제의하거나 다른 학생에게 자리를 바꾸자고 제안하기도 했다. 어쩔 수 없이 장애학생과 같은 모둠이 된 비장애 학생들은 장애학생의 느린 수행능력에 답답하다고 소리를 꽥꽥 질러대기도 했다.

장애학생은 아이들의 눈치를 본다고 교실 문도 쉽게 열지 못했다. 장애를 가진 학생이 뒷문을 열었다면 남자아이든 여자아이든 상관없이 또래 친구들 모두 뒷문의 손잡이가 더러워졌다며 앞문으로 교실과 복도를 통행했고, 앞문을 열었다면 뒷문을 열고 통행했다. 지적장애를 가진 아이가 더럽다는 편견 때문에 비장애 학생들은 그 아이가 만진 모든 것을 쓰레기처럼 취급했고 장애학생과 직접적이든 간접적이든 접촉을 한 친구가 있다면 하루에서 약 일주일 동안 그 친구도 놀림을 받았다.

친구들이 가진 편견은 나에게도 있었다. 그 아이와 함께하면 내가 더러워질 뿐만 아니라 나도 친구의 놀림거리가 될까 두려웠다. 선생님의 권유로 그 친구와 많은 활동을 함께했다. 드러내진 않았지만, 마음속으로 엄청나게 싫어했다. 아이들에게 어떤 놀림을 받을지, 그 아이로 인해 내게 피해가 올지 등 걱정부터 했다.

짝이 되었으니 도움을 줘야 하는 것은 당연했다. 준비물을 가져오지 않았다면 빌려주고, 숙제를 해왔는지 확인했으며, 해오지 않았다면 내 숙제를 베끼도록 보여주었다. 수업 때 종이접기를 하면 어떻게 접어야 하는지 알려주고 수업내용을 이해하지 못해 나에게 질문할 때에는 내가 차근차근 설명해 주어야 했다. 나 자신을 챙기기도 벅찬데 그 아이한테도 신경을 쓰느라 정신이 없었고 귀찮기만 했다.

아이들의 놀림도 피할 수 없었다. 나도 더러움의 존재가 되었고, 반에서 나랑 친한 친구들은 내가 불쌍하다고 했다. 그러나 시간이 지나면 지날수록 장애를 가진 친구와 함께한 활동은 내게 이익이 되기도 했다. 모둠 활동을 하던 중 그 친구만의 기막힌 생각을 활용해 제작한 수행평가 작품이 반에서 최고점을 받은 적이 있었으며, 내가 주로 준비물을 빌려주었지만, 내가 준비물을 가져오지 않아 선생님께 지적받을 걱정을 하고 있을 때, 그 친구가 가져온 준비물을 함께 나누었었던 적도 있다.

편견도 깰 수 있었다. 장애를 가진 아이와 가까이 있으면서 그 아이를 관찰했는데, 손은 더럽지 않았고 옷에는 아무 냄새도 나지 않았으며 또래 아이들과 똑같이 섬유유연제의 냄새가 났다.

王何必曰利? 亦有仁義而已矣. (양혜왕 상편 1)
"왕께서는 어째서 이익에 대해서만 말하십니까? 진정 중요한 것으로는 인의 (仁義)가 있을 뿐입니다."

선생님이 권유하기 전까지는 나도 그 친구를 가까이 하지 않았다. 그 친구로 함께 있으면 나도 놀림을 당할까? 나도 더러워질까? 걱정부터 했다. 그 친구로 인해서 내가 잃게 될 이익을 먼저 생각했다.

허나 선생님의 권유로 인해 본의 아니게 인의를 행하게 되었지만 편견을 깨고 좋은 점수를 받는 등 의외의 이익을 얻기도 했다. 장애를 가진 아이와 함께 해서 친구에게 놀림 받는 일이 대수인가? 친구들이 장애학생을 괴롭히고 날 놀릴 때마다 난 당당하게 말할 수 있는 용기를 얻을 수 있었다.

2. 자나깨나 말조심

자신의 유치원생이거나 초등학생 시절로 되돌아 가보자. 난데없이 아이들이 단체로 떠들어 반을 시끌벅적하게 메꿀 때를 말이다. 시끄러운 아이들의 대화를 뚫고 우렁찬 목소리로 선생님은 외친다.

"합죽이가 됩시다. 합!"

이 말을 듣고는 아이들은 모두 입을 다물고 조용해진다. 합죽이는 대개 선생님들이 시끄러운 아이들을 조용히 시키고 선생님의 말씀을 잘 듣도록 주목시킬 때 쓰는 단어다. 다들 어릴 때 종종 들어본 적 있을 테다.

합죽이는 옛날 이빨이 다 빠진 할머니를 일컫는 말이자 이가 빠져서 입과 볼이 움푹 들어간 사람을 낮잡아 이르는 말이다. 다시 말해 장애인의 신체적 결함을 비꼬는 부정적인 뜻을 갖고 있다. 합죽이의 뜻을 알고 난 사람들은 아이들에게 이런 말을 알려주는 게 좋지 않다는 의견이 있다. 그럼에도 불구하고, 합죽이라는 단어의 뜻을 잘 모르고 아직까지도 사용하는 선생님이 계신다.

"합죽이가 됩시다" 선생님, 이 말의 뜻을 아시나요?

조카의 초등학교 입학식이 아쉬웠던 두 가지 이유

출처 : http://www.ohmynews.com/NWS_Web/View/at_pg.aspx?CNTN_
CD=A0002410516

합죽이라는 단어 말고도 뜻을 잘 모르고 장애인을 비하하는 용어가 많이 사용된다. 어떤 사람이 행패를 부리거나 무리한 고집을 피울 때, 혹은 어린애가 심하게 떼쓰는 것을 가리킬 때 뗑깡부린다고 하는 사람들이 있다. 여기서 뗑깡은 뇌전증을 뜻하는 일본어인 덴칸(てんかん)에서 유래된 단어로 뇌 질환을 가진 환자나 장애인을 비하하는 용어로 쓰일 수 있다. 때문에 '뗑깡'을 '억지'나 '행패'로 바꿔 쓰는 것이 좋다.

편견을 없애는 방법에서 '평소에 사용하는 언어를 성찰하자'를 제시했다. 이는 장애인에게 더 조심해야 하는 부분이다. 비장애인도 개개인의 특징이 다양하듯이 각 장애인의 특징 또한 다양하다. 그렇다 보니 잘못된 표현인지도 모른 채 장애인을 비하하는 언어들이 생겨났고 자신도 모르게 장애인을 낮추며 말할 수 있다. 장애 관련 표현 시 올바른 표현인지 알고 쓰자.

잘못된 표현	옳은 표현
장애우, 장애자	장애인
정상인, 일반인	비장애인
애꾸눈, 외눈박이	시각장애인
귀머거리	청각장애인
말더듬이, 벙어리	언어장애인
언청이	안면장애인

불구자	지체장애인
정신지체	지적장애인
벙어리 장갑	손모아장갑
외눈박이 방송	편파 방송
절름발이 OO	불균형적인, 조화롭지 못한
꿀 먹은 벙어리	말문이 막힌, 마음속에 있는 생각을 말하지 못하는
눈 뜬 장님	무엇을 보고도 제대로 알지 못하는 사람
눈먼 돈	대가없이 얻은 돈, 주인 없는 돈
장님 코끼리 다리 만지기	일부만 알면서 전체를 알듯이

휴먼에이드포스트 – [카드] 장애 관련 용어 올바르게 사용하려면?

장애우는 장애인 친구라는 뜻의 벗 우(友)를 붙인 용어로 좋은 의도에서 만들었다. 이 용어는 가게나 휴게실 화장실 등 여러 장소에서 쓰이고 있고, 장애우를 고집하여 장애인을 지칭하는 사람들도 몇몇 생겨났다.

하지만 '장애우는' 잘못된 표현이다. 이 용어는 장애인을 친구가 필요하고 도움이 필요한 대상자로 전락시키고, 장애인 자신을 지칭할 때는 쓰기 어렵다는 점에서 부적절했다. 장애인들은 이에 불쾌감을 느껴 호소하기도 했다. 때문에 장애우는 잘못된 표현으로 지정되었다. 좋은 의도로 시작했어도 누군가를 더 불편하게 만들고 나쁘게 했다면 의도에 맞지 않은 결과를 낳은 꼴이 되기도 한다. 그래서 더더욱 표현하는 언어를 주의해야 한다.

장애와 관련해서 표현을 할 때 위 제시한 모든 표현을 전부 외우고 때에 맞춰 사용하기에는 어렵다. 그렇다고 장애와 관련된 표현을 쓰지 않을 수도 없다. 장애 관련 표현은 위 사례처럼 공공장소에서도 많이 쓰인다. 그렇기에 장애와 관련된 표현에 앞서 몇 가지 고려사항을 알아야 한다.

1) 장애를 질병으로 비유하지 않는다

'앓다'라는 단어의 사전적인 의미를 찾아보면 '병에 걸려 고통을 겪다.'라는 뜻이 있다. '장애를 앓다.' 언뜻 보면 맞는 문장처럼 보인다. 장애인은 일상생활이나 사회생활에 상당한 제약을 받기에 어려움을 겪으며, 실제로 장애를 앓는다고 표현하는 사람들이 있으니 말이다.

이는 잘못된 표현이다. 장애는 질병이 아닌 후유증상이다. 장애는 하나의 정체성이자 특성이다. 장애를 앓을 수 있고, 치료할 수 있고, 나을 수 있다는 등 질병으로 비유하는 표현은 장애인의 정체성을 죽이고 장애를 환자로 표현하게 된다. 그러니 장애를 질병으로 비유하지 말고 '장애를 갖다' 등의 표현으로 바꿔 사용하자.

2) 장애를 부정적으로 인식할 수 있는 용어를 사용하지 않는다

'장애 때문에', '장애에도 불구하고', '비록 장애는 가졌지만', '장애를 극복하고' 등의 표현은 장애를 나쁜 것으로 인식하여 극복의, 개선의 대상으로 생각하도록 만든다. 의도한 바는 없었어도 이는 사람에 초점을 두므로 사용하지 않는 것이 좋다.

3) 차별의 표현을 들은 당사자는 마음의 큰 상처를 입게 된다는 것을 명심한다

장애를 가졌다고 해서 다른 사람과 별반 다르지 않다. 그들도 우리처럼 감정이 있으며 말 하나하나에 상처를 받을 수 있다. 그러니 장난으로 한 말이더라도, 실수로 내뱉은 말이라도 진정성을 가지고 즉시 사과해야 한다. 무엇을 잘못했는지 구체적으로 드러내고, 잘못에 대한 책임을 말하며 다신 차별적인 발언을 하지 않도록 구체적인 약속을 하고 지키자.

人恒過, 然後能改, 困於心, 衡於慮, 而後作, 徵於色, 發於聲, 而後喩. (고자 하편 15)
"사람은 언제나 잘못을 저지른 후에야 고칠 수 있다. 마음으로 번민을 느끼고 이리저리 생각을 해보고서야 분발하며, 낯빛으로 분명하게 나타나고 음성으로 터져 나온 후에 깨닫게 된다."

사람은 언제나 실수를 하기 마련이다. 그러니 자나깨나 말조심하자. 표현에 대한 조심스런 태도는 장애인뿐만 아니라 다양한 차별을 방지하는 데에도 도움을 준다. 내뱉을 말이 상대방에게 끼칠 영향이 어떨지 3초 정도 생각하고 말하자.

3장. 세대마다 다른 생각

1. 너무 옛날 생각이야

五穀者，種之美者也；苟爲不熟，不如荑稗。夫仁亦在乎熟之而已矣. (고자 상편 19)

"오곡은 곡식중에서 좋은 것이기는 하지만 여물지 않으면 비름이나 피만도 못하다. 인의 가치 역시 여물게 하는 데 달려 있다."

세대 갈등 수준은 어떻다고 생각하는가? 대부분의 사람들은 어릴 적 부모님과의 갈등을 겪어봤을 것이다. 잘못된 점을 잘못인지 모르고 오히려 부모님께 화를 낸 경우도 있을 테지만 나이에 따른 의견이 달라 다툼을 겪을 때도 많을 테다. 사람들의 인식은 날이 가면 갈수록 변화하는 세상에 맞게 바뀌기 마련이다. 특히 세대 갈등은 오늘날 더욱 심화된 형태를 띤다. 과거 우리나라가 유교 중심의 사회였을 때는 예의를 중시하고, 효를 강조하여 어른 중심으로 사회가 돌아가고 과학적인 발전이 미미했으나 오늘날에는 개인적인 가치관이 중시되고 발전 또한 어마어마한 속도로 이루어지기에 세대 차이는 심해질 수밖에 없다.

세계일보, 오픈서베이 설문조사에 따르면 젊은 세대와 노년층 중 약 68%가 세대 갈등 수준이 심각하다고 밝혔다. 나와 같은 학생과 노년층 사이에선 문화적인 측면에 차이가 난다. 노년층들의 유년시절엔 휴대폰이 개발되지 않았기에 작동도 잘 되지 않는 라디오로 세상이 어떻게 돌아가는지 확인했다. '1987', '택시운전사' 등의 우리나라 영화들을 보면 노년층들은 정치적으로 혼란스러운 시기였고 경제적으로도 어려운 생활을 해왔다는 것을 알 수 있다.

현재 우리나라를 보면 엄청난 속도로 발전해왔다는 것을 느낀다. 과거에 비해 스마트폰은 전화의 용도뿐만 아니라 촬영, 메모, 오락, 주문, 음악, 운동, 공부 등 요즘 현대인들에겐 없어선 안될 필수품이라는 말이 있을 정도로 많은 기능을 갖추고 있다. 기계가 발전하고 많은 기능을 갖추면 그만큼 복잡해지는 것은 당연하다. 스마트폰을 일찍이 접하는 학생이나 청년들은 복잡한 기능들을 잘 숙지하고 스마트폰에 새로운 기능이 추가되어도 빠르게 이해한다.

신체적인 노화가 일어난 노년층들은 젊은 세대에 비해 기억력, 시력 등 신체능력이 점점 저하된다. 때문에 스마트폰의 여러 기능을 사용하기는커녕 전화나 메시지 같은 기본적인 기능들을 제대로 사용하지 못한다. 그래도 할아버지, 할머니께서 스마트폰을 하나 장만하시면 자녀나 손주들이 쓸만한 기능들을 알려주곤 한다.

내 친척의 경우에도 어느 추석날 폴더폰만 사용하시던 나의 할아버지께서 고모의 권유로 스마트폰을 하나 가지게 되셨는데 기능을 잘 몰라 내 동생과 사촌들이 가르쳐드린 기억이 난다. 하지만 동생들이 못 가르친 탓일까? 할아버지께서 사용법을 계속 까먹으셨다. 결국엔 전에 사용하던 폴더폰이 익숙하다며 장만한 스마트폰에 손을 잘 대지 않으셨다. 오히려 스마트폰의 나쁜 점과 문제를 말씀하시면서 동생과 사촌들에게도 스마트폰의 사용을 자제시켰다.

어머니는 할아버지보다 스마트폰을 잘 사용하시긴 하지만 음악을 다운받거나 기능 설정 등 몇몇 사용법을 몰라 내게 물어보시곤 한다. 나이에 따라 생기는 차이를 생각하면 문화적인 차이를 떠올리기 십상이다.

세대 간의 갈등은 채용과정 속에서 더욱 심하게 일궈진다. 과거 우리나라가 힘들 당시 고성장을 위해 청년시절을 바친 세대이자 나이가 들고 이미 사회에서 안정적 지위를 확보해놓은 세대를 기성세대(4050세대)라고 한다. 나무위키에 따르면 기성세대들이 젊었을 적에는 개혁과 혁명을 외쳐왔지만 앞서 말했듯이 우리나라의 힘든 상황에 힘이 빠지고 절망한 후, 현실과 타협하는 가치관을 가졌다고 한다. 시간이 흐르고 세상이 바뀌면 사람들의 인식이 바뀌기 마련. 기성세대가 보는 관점과 달리 새로운 관점으로 현실을 바라보는 세대가 생겨나니 바로 MZ세대(2030세대)이다. 디지털 환경에 익숙하고, 최신 트렌드와 남과 다른 이색적인 경험을 추구하는 특징을 가진 MZ세대와 기성세대 사이에선 어떤 갈등이 있을까?*

방송사 tvN의 방송 프로그램인 미래수업에선 기성세대와 MZ세대 사이에서 일어난 갈등의 대표적인 예시로 인천국제공항공사의 채용문제로 논란이 붉어진 '인국공' 사태를 들었다. 인천국제공항공사는 약 1900명의 비정규직 보안요원을 정규직으로 전환하는 결정을 내렸다. 이러한 결정이 언뜻 보면 비정규직의 노동환경과 처우를 개선하고 고용문제도 해결함으로써 좋은 점이 보인다.

허나 불만을 가진 사람들도 생겨났다. 인천국제공항공사에 취직하기 위해 이제껏 준비한 MZ세대들은 그들이 해온 노력에 비해 어떠한 시험과 스펙 없이 정규직이 된 사람들과 불공평함을 주장하며 역차별을 외쳤다. 취업난이 심각한 현대사회에서, 줄어든 취업기회와 고용문제를 해결하고자 기성세대들이 마련한 방안을 이용해 반칙을 하는 사람들이 늘어날 수 있다는 것에 반발한 것이다.

쉽게 말해 기성세대들은 지금의 상황을 개선하기 위해 결과적 평등을 중요시 여기고, MZ세대들은 결과가 아닌 절차의 공정성을 중요시 여긴다는 것이다. 공정성을 생각지 않고 결과적인 평등을 위한 기성세대와 채용절차 속 투명함을 외치는 MZ세대에 대해 어떻게 생각하는가?

취업난을 뚫고 겨우 취직을 하더라도 세대 간 갈등은 끊이질 않는다. MZ세대들은 기성세대들을 좋게 보지 않는데, 기성세대들 중 일부는 회식도 업무에 포함된다며 강요하고 직장선배들을 위해 출근시간보다 일찍 와 창문을 열고 청소를 하라는 등 업무와 관련없는 지시를 내리곤 한다. 그도 그럴 것이 기성세대들은 직장을 보다 안정되게 유지하고 승진을 하기 위해서 업무 성적은 물론, 부장이나 과장 같이 회사의 높은 계급에 위치한 사람들에게 잘 보여야 한다는 인식이 강했다.

이러한 인식은 과거의 고정관념일 뿐. 앞서 말했듯 개인의 행복을 추구하고 자신에게 주어진 업무에만 집중하고자 하는 MZ세대는 자신의 시간을 써가며 회식 등을 하고자 하지 않는다. 때문에 자신의 과거를 꺼내며 MZ세대들에게 소위 갑질하는 일부 기성세대를 낮게 부르고자 '틀딱', '꼰대'라는 단어가 최근까지도 쓰이고 있으며, 기성세대가 자주 말하는 "나 때는 말이야."를 "라떼는 말이야."로 말장난을 하여 기성세대를 풍자하기도 한다. 이러한 풍자는 직장에서 고통받는 직장인들을 위해 기성세대의 부정적인 측면을 영화나 드라마에서 묘사하고 복수하는 등의 시원함을 자아내어 직장인들의 공감을 사기도 한다.

2. 할아버지, 할머니. 저희 어때요?

세대 간 갈등은 젊은이들이 노년층을 이해하지 못해 생기기도 하지만 노년층이 젊은이들을 이해하지 못해 생기기도 한다.

나이가 든 사람들은 대개 전자기기의 필요성을 느끼지 못한다. 사용법도 잘 모를 뿐 아니라 여가시간을 보낼 때나 업무를 할 때, 물건을 구매할 때 등 그들이 살았던 과거엔 IT기기가 없었으니 말이다. 하지만 IT산업이 발전하고 편리를 추구하면서 학교, 직장, 구매, 지도 등 많은 기능이 단 하나의 물건으로 압축되었으나 원래 살던 방식 있던 사람들에겐 압축된 기능이 서투르게 느껴질 것이다.

통화의 용도로 나온 통신 기기에 앱 기능이 발달되면서 오락을 즐기는 요소가 늘어났다. 특히 젊은 연령층에서는 스마트폰을 게임의 용도로 많이 사용했다. 더불어 인터넷의 발달로 폭력성을 띠는 방송이나 음란물을 어린 아이들도 쉽게 접할 수 있게 되면서 부모님이나 나이 든 사람들 중 일부는 아이의 성장에 피해를 끼칠까 부정적인 시선을 갖게 되었다. 심지어 부모님들 중 몇몇은 게임을 많이 하는 아이들의 게임시간을 절제시키기 위해 기기 사용 제한 프로그램을 설치하기도 했으며, 아이와의 약속을 통해 조건을 걸고 컴퓨터를 열어주는 등 집안마다 컴퓨터 허용 시간을 정하여 사용하였다.

중학생이 되면서 ppt, 수행평가, 조사, 프린트, 동아리 등 학교 활동에 필요한 여러 자료들을 찾고 조사하는 것은 물론, 날이 갈수록 수업에서 단어 찾기, 영상 보기, 관련 정보 찾기 등 스마트폰의 검색 기능이 실시간으로 필요해지는 순간이 자주 발생했다. 때문에 일부 중·고등학생들은 대학생들이 주로 필요했던 노트북이나 간편하게 들고 다닐 수 있는 아이패드를 구매해 애용하기도 한다. 미래의 발전을 위해 이를 좋게 보는 부모들도 있지만 컴퓨터부터 아이패드까지 단순히 공부의 용도가 아닌 위에서 말한 게임 등의 용도로 사용할 우려가 있어 이를 아니꼽게 보는 부모님들도 많다.

2019년 말 코로나 바이러스가 전 세계로 확산되자 여러 국가들은 학교에서 수업을 하는 것이 아닌 전면 온라인수업을 일시적인 기간에 진행했다. 온라인수업을 진행하는 방식은 다양한데, 나의 경우에는 영상을 찍어 마치 인터넷 강의처럼 듣도록 하는 형식과 선생님과 직접 통화하는 화상수업이 주를 이뤘다. 모든 학교가 처음 시행하는 온라인수업이기에 이슈가 되는 것은 당연했다.

사회 교육

친구들아, '집콕' 생활과 온라인 수업은 어때?

한겨레 – 친구들아, '집콕' 생활과 온라인 수업은 어때?

인터넷 연결, 파일 오류 등 문제들도 다양하게 발생했다. 그리고 가장 우려했던 문제는 학생들의 태도였다. 집에서 듣다 보니 학교에 있을 때보다 긴장감이 저조하고, 학생들의 모습을 확인할 수 없었던 선생님들은 학생들이 강의를 틀어놓고 몰래 게임을 하거나 재미를 위한 영상을 찾아볼까 고민했다. 이를 대처하는 방안으로 사이트에서 학생들의 수업 진행도를 확인할 수 있도록 설정해두었지만 꼼수를 활용해 진행도를 조작하는 학생들도 있었다.

뉴스 > 사회 > 교육

매크로 돌려 "학습률 100%"… 꼼수 판치는 원격수업

신무경 기자 · 곽도영 기자   입력 2020-04-27 03:00   수정 2020-04-27 03:00

dongA.com − 매크로 돌려 "학습률 100%"… 꼼수 판치는 원격수업

코로나 사태라는 특별한 상황이 벌어지고 처음 실행해 보는 원격수업이었기에 발생하는 문제였을 수 있으나 비슷한 일은 자주 일어났다. 유료 인터넷 강의를 구매해 주었으나 듣다가 몰래 게임을 하거나 수업에서 당당히 발표하기 위해 만드는 프레젠테이션에 들어갈 자료를 조사하다가 좋아하는 연예인의 영상을 본다든지 말이다.

나도 게임을 좋아하고 영화 등에 관심이 많다 보니 아버지께서 학교 과제를 하다가 다른 행동을 하지 않을지 걱정을 많이 하셨다. 실제로 나는 과제시간을 취미시간으로 바꾸었을 정도로 과제와는 전혀 관련 없는 활동을 했을 때도 있다. 학교에서 내가 본 광경은 스마트 기기가 공부하는 학생들에게 해가 될 수 있다는 느낌을 주었다. 쉬는 시간만 되면 나뿐만 아니라 대부분의 친구들이 스마트폰을 들여다보고 있으며, 수업시간에는 대놓고 스마트 기기를 수업의 용도가 아닌 오락의 용도로 사용하는 학생들도 보았다. 그만큼 스마트 기기는 중독력이 강하고 공부하는 학생들을 방해하는 요소가 크다. 오죽하면 IT산업의 대부인 빌 게이츠도 자녀에게 스마트폰을 주지 않았을까?

빌게이츠, 자녀에 '스마트폰 사용금지' 밥상머리 교육

8 양의경 기자 | ⊙ 송인 2017.04.24 13:56 | 💬 댓글 0

녹색경제신문 – 빌게이츠, 자녀에 '스마트폰 사용금지' 밥상머리 교육

빌 게이츠는 자녀가 어린 나이에 컴퓨터 게임 속으로 빠졌다며 자녀들과 규칙을 정했다. 만 14세가 되기 전까지는 스마트폰을 가지지 못하게 했으며 컴퓨터는 하루 45분만 사용하도록 제한했고 식탁 위에서, 침대 위에서는 모든 전자기기 이용을 제재했다. 자녀들은 처음에 불만이 컸지만 점차 적응했으며 컴퓨터 사용시간에 숙제를 하고 게임보단 친구들과 노는 시간이 많아졌다고 한다. 빌 게이츠는 기술이 아이들에게 미칠 영향에 대해 생각지 못했다며 아이들의 사고에 큰 걱정을 하는 모습을 보였다.

교육적인 측면 이외에도 문화적인 측면에서도 차이가 두드러진다. 옛 세대가 많이 듣던 노래는 느리고 천천히 흘러가는 가요가 대부분인 반면, 젊은 세대들은 빠르고 신나는 팝송이나 힙합을 주로 듣는다. 대다수의 옛 세대는 가사도 빨라서 못 알아듣고 비속어나 은어가 나오는 노래가 불쾌하다며 왜 듣는지 이해할 수 없었다. 이처럼 옛 세대들은 시대의 변화에 적응하지 못할뿐더러 그들의 관심사가 발달 과정 중 피해가 있을까 염려하기에 젊은 세대와 갈등이 빚어질 수밖에 없다.

3. 어쩌면 좋을까요?

　노년층이 스마트폰 사용이나 청년들의 문화를 이해하지 못한다고 해서 고령자와 나쁜 관계를 유지해야 할까? 일부 기성세대의 여러 결정이 MZ세대의 입장과 다르고 기성세대들이 MZ세대를 무시하며 업무와는 무관한 지시를 내린다고 모든 기성세대에게 반감을 사야 할까? 세대 갈등을 완화시키는 것은 생각보다 사회적으로 많은 문제를 해결할 수 있다. 다른 세대들의 의견을 함께 나누고 의논하면서 블라인드 채용처럼 여러 세대를 아울러 고용문제를 어느 정도 해결할 수 있는 방안들이 다양하게 등장할 수 있다. 또한 나와 나이 차이가 나는 사람을 이해하는 마음을 일찍이 가진다면 새롭게 탄생할 세대들과의 갈등도 미리 줄일 수 있다. 그렇다면 어떻게 세대 갈등을 해결해야 할까? 한국갈등해결센터의 이희진 사무총장은 세대 갈등을 해결하는 방법으로 있는 그대로 이해하는 것이 중요하다고 했으며 덧붙여 다른 세대에 대해 서로의 가치관이 다름을 인정하고 그 자체를 존중해 주어야 한다고 말했다.

　세대 갈등을 해결할 구체적인 방법은 없을까? 내가 고민한 해결방안은 세대가 서로 친해지려 노력하는 것이다. 친구를 사귈 때 어떤 기준을 두고 사귀는가? 내가 친구를 사귀는 기준 중 하나는 공통된 관심사이다. 처음 본 누군가와 친해지기 전에는 아무래도 어색한 사이일 수밖에 없다. 말을 많이 섞어보지 않았기 때문에 서로에 대해 잘 모를 테니 말이다. 허나 서로가 좋아하는 관심사가 있다면? 관심사를 중심으로 서로에 대한 이야기를 나눌 것이다. 그림을 예로 들자면, 자신이 그린 그림들을 보여주고, 의미를 설명하고, 정보를 공유하면서 미술에 대한 지식이 쌓일 뿐만 아니라 각자의 이야기를 들을

수 있어 더욱 친해지게 될 것은 당연하다. 하지만 세대 간의 관심사
는 공통되기 힘들다. 살아온 시대마다 당시 유행했던 노래, 영화 등
이 제각각일 뿐더러 경제, 정치, 환경 등 사회적으로도 과거와 많은
차이를 보이기에 그럴 것이다.

갈등을 없애기 위해 세대 간에 친해지려면 서로의 관심사를 이해
하고 조금이나마 관심을 가져주는 것이 좋다. 최근에는 다양한 곳에
서 나이 상관없이 많은 사람들이 즐기고 있는 관심사들도 많다.

옛 사회에선 프로게이머라는 직업의 인식은 별로 좋지 못했다. 게
임으로 돈을 벌 수 있다는 것 자체가 어렵고 불가능해 보였으며 선수
가 되더라도 활동기간이 짧았고 게임 산업이 많이 발전되지 않아 매
니아 층이 적었기에 많은 부모님들은 아이가 프로게이머가 되는 것에
대해 반대하는 것은 물론 게임을 많이 하길 원하지 않았다. 현재에도
그렇지만 내 외삼촌이 중학생 시절만 해도 매일 오락실에서 게임만
한다고 야단맞았다고 한다. 게임은 단순히 오락거리일 뿐 돈을 벌 수
단이 되지 못한다고 여겼고 게임을 왜 하는지도 이해하지 못했다.

그러나 최근 동영상 플랫폼인 유튜브를 통해 '리그 오브 레전드' 등
게임이 남녀노소 엄청난 인기를 누리면서 게임 산업은 급속도로 발
전하게 된다. 축구 경기처럼 팀, 선수에 대한 팬층이 생겨나고 게임
대회를 올림픽처럼 챙겨보는 시청자들도 많아졌다. 이로 페이커 선
수처럼 유명세를 탄 프로게이머들은 공중파에 출연하기도 하며 여러
광고를 찍는다며 여러 언론사에 화제가 되기도 했다.

사회 · 사회이슈

T1 페이커, 공식 게이밍 메모리 파트너 클레브 광고 모델로 나서

입력 2020-06-01 14:19:37 수정 2020.06.01 14:19:37 김동후 기자

서울 경제   T1 페이커, 공식 게이밍 메모리 파트너 클레브 광고 모델로 나서

게임 대회는 e-스포츠라는 올림픽의 한 종목으로 제기될 만큼 좋은 성과를 거두고 있고, 게임이 단순히 오락이 아닌 문화, 예술로 사람들의 인식이 바뀌어가고 있다.

처음에는 이를 못마땅하게 여긴 부모님들이 많았다. 학생 신분에 하라는 공부는 안 하고 게임만 꾸역꾸역하고 있으며 폭력성을 띠는 게임도 많아 아이들의 정서에 좋지 않았기 때문이다.

그러나 부모님들도 점차 게임에 대한 인식이 개선될 뿐만 아니라 많은 참여를 하고 있다. 프로게이머 프린스 선수의 아버지는 프린스 선수의 경기를 적극적으로 관람하시고 환호하시는 등 아들을 열정적으로 응원하시고 좋은 플레이를 할 때마다 진심으로 기뻐하신다.

젊은 세대가 함께 하는 예도 있다. 트로트하면 무엇이 떠오르는지 상상해 보자. 옛날 노래? 촌스러운 음악? 할아버지, 할머니가 즐겨 듣는 장르? 정형화된 반복적인 리듬과 한국 민요에 나올 법한 창법이 합쳐진 트로트가 오늘날에 맞게 작곡하여 촌스럽고 별로일 것 같으나 반복적인 리듬을 듣게 되는 순간 몸은 절로 박자를 타고 있고 세속적인 가사들은 지친 나날을 보내고 있는 청년들에게 힘을 활짝 솟구치게 해준다. 특히 가수 나훈아의 '테스형'이란 곡은 다소 우스꽝스러워 보이나 소크라테스라는 재밌는 소재를 넣어 아리송하게 철학적인 가사가 노년층뿐만 아니라 많은 젊은이들에게 매력적으로 다가와 여러 SNS에 화제가 되기도 하며 많은 콘텐츠의 소재가 되었다.

트로트가 여러 연령층의 엄청난 이목을 받자 방송에서는 트로트 대회 프로그램을 많이 제작하여 송출하고 젊은 신인 트로트 가수들이 팬층이 생기고 광고도 찍는 등 트로트계에서 황금기를 맞이하고 있다.

트로트가 독창적이고 특이한 장르라는 것은 변함이 없다. 트로트를 즐기던 기성세대는 물론, 남과 다른 이색적인 문화를 추구하는 MZ세대의 사람들도 트로트가 여러 시대를 아우르는 것을 넘어 시대를 앞서갔다고 할 정도로 많은 사람들이 열정적으로 환호한다.

不挾長, 不挾貴, 不挾兄弟而友. (만장 하편 3)

"자신의 나이가 많음[長]을 내세우지 않고, 자신의 지위가 높음[貴]을 내세우지 않고, 자기 형제 중에 부귀한 사람이 있음을 내세우지 않는다."

위 문장은 '벗을 사귀는 도리'에 나오는 구절이다. 상대의 나이가 높지만 친해지기 위해서 예의 없이 행동하라는 것이 아니다. 나이가 높다고 해서 젊은 세대에게 눈치를 주라는 것 또한 아니다. 우리가 다른 세대들을 이해하기 위해선 내가 앞서 말한 방안이 아니더라도 서로의 생각과 인식을 나누려고 해보자. 옛 사람이 하는 생각은 그저 구린 생각이고 젊은이들이 하는 생각은 그저 어리석은 생각이라고 섣불리 판단하지 말자.

다른 세대와 친해지기 위해서 서로의 덕목을 파악하고 배울 점을 찾아보자. 서로의 가치관이 다르더라도 존재 자체를 존중해 준다면 타 세대에 대한 적대감이 줄어들고 그저 친해지는 것뿐만 아니라 의견을 나누기 쉬워져 저출산, 고령화 등의 사회현상에도 도움을 준다. 타 세대에 대해 나쁜 점만을 보려고 하지 말고, 서로의 덕을 보고 배움으로서 한 단계 성장하자.

4장. 여자와 남자의 방향은 다를까?

1. 남자는 바느질하면 안되나요?

당신은 인생을 살아가면서 성별의 이유로 차별을 받은 적이 있는가? 있다면 그때의 마음은 어떠했는가?

난 손으로 무언가 만드는 것을 좋아한다. 어릴 적에도 장난감 모형을 조립하거나 종이접기 등이 나의 주된 취미였다. 초등학생 때는 가정 시간에 배운 십자수를 바탕으로 바느질에 한참 빠져 있었다. 선생님으로부터 나는 다른 아이들보다 바늘을 잘 다루며 재능이 있다고 칭찬을 자주 들었다.

집중력이 많이 필요한 십자수는 당시 나의 자존심을 높여주고 게임 대신 시간을 보내게 해준 유일한 취미였다. 관심이 매우 많았었기에 인터넷에서 여러 바느질 방법을 찾아보기도 했고, 집에 수선할 베개나 옷이 있으면 어머니 대신에 하겠다고 나섰으며, 문방구에서 파는 3000원짜리 십자수 세트를 하나 사서 작품을 만들려고 마음먹은 적도 있었다. 내가 초등학생 때 산 3000원짜리 십자수 세트는 풍선 4~5개 정도를 들고 뛰는 남자아이가 그려진 도안대로 작은 베개 위에 자수를 놓도록 되어 있었다. 십자수에 푹 빠져 있던 나는 십자수를 항상 할 수 있도록 세트를 가방에 넣어 가지고 다녔으며, 아침 자습시간에 꺼내서 바느질을 하고, 수학수업 도중 문제를 푸는 대신 십자수를 꺼내 꾸중을 듣기도 하고, 영어방과 후 수업이 시작하기 전학교 도서관에 앉아 이어 만들기도 했다.

십자수는 학교를 다니는 평범한 일상 속에서만 하는 것이 아니라 명절 같은 특별한 날에도 하고 싶었다. 설날이었는지 추석이었는지 기억은 잘 나지 않지만 앞에서 말한 3000원짜리 십자수 세트를 친척 댁에도 들고 간 적이 있다. 지루하고 심심하기 짝이 없는 제사를 다 지내고 사촌의 방해를 받지 않고 바느질하기 위해 구석진 방에 들어가 작업했다. 시간이 좀 흐르고 내가 무엇을 하는지 궁금하셨던 할머니께서 나를 찾아오셨다.

"우리 강아지 뭐하니?"

나는 할머니께 이때까지 십자수 해온 것을 자신 있게 보여드렸다.

"학교에서 배운 십자수해요! 잘했죠? 할머니."

할머니께서 주로 바느질을 하시니까 나는 바느질도 배우고 학교에서 들은 것처럼 어린 나이에 바느질을 한다고 내심 칭찬 받을 기대를 했다. 그러나 내 예상과는 다른 할머니의 답이 내게 돌아왔다.

"남자애가 십자수하나?"

할머니는 말씀하시고는 방을 쭉 훑어보더니 이윽고 방을 떠났다. 기분이 묘했다. 즐겨 해온 바느질이 단지 남자라는 이유만으로 내가 이제껏 금지된 행위를 행한 것마냥 느껴졌다. 마음속에 공허함이 떠돌았지만 할머니는 옛사람이시니 그런 생각을 하실 수도 있겠다는 마음을 가지고 십자수를 이어나갔다. 잡생각을 전혀 하지 않고 바느질에 전념하다 보니 할머니를 이어 고모부가 방으로 들어오셨다. 할머니처럼 내가 무엇을 하는지 궁금해하셨다.

"뭐하니?"

"십자수해요!"

고모부도 이를 못마땅하게 여기셨나 보다.

"야, 사내자식이 무슨 십자수야. 밖에 나가서 좀 놀아."

생각지도 못한 친척들의 반응에 어안이 벙벙했다. 초등학교에서 남학생이든 여학생이든 가리지 않고 가르치는 십자수를 그저 남자라는 이유로 내가 십자수하는 것을 못마땅하게 여겼다는 것에 어안이 벙벙해질 수밖에 없었다. 언제인지는 잘 기억이 안 나지만 남자라서 무언가를 하면 안된다는 말을 처음 들어봐서 그런지 내 인생에서 아직도 인상 깊은 순간이었다. 결국 난 십자수 작품을 끝까지 완성해내지 못했다.

엄마가 어릴 적 외할머니께서 일찍 돌아가셨기에 난 외할머니를 한 번도 뵌 적이 없다. 어머니의 어릴 적 상황은 매우 힘드셨다고 한다. 어머니 역할을 해주셔야 하는 외할머니가 없으시고 외할아버지는 충격으로 일을 안 하시니 가정이 제대로 돌아갈 수 없었다. 학교도 다니기 힘들었으며 맛 좋은 반찬이나 음식은 생각도 못해 보셨다고 한다. 집안도 난장판이었기에 어릴 적 어머니와 외삼촌께서 집안일을 해야 했다고 한다.

어머니는 집안일을 주로 하다 보니 불만이 생길 수밖에 없었다. 중학생임에도 불구하고 공부에 제대로 매진할 수 없었으며 집에서 일하는 기계마냥 설거지, 빨래, 요리 등을 해야 했고 또래의 아이들처럼 놀 수 없었으니 말이다. 심지어 같이 집안일 해야 할 외삼촌은 귀찮다고 집안일을 대충 하거나 대부분 하지 않았기에 화는 더 날 수밖에 없다. 어렸던 나의 어머니는 이를 털어놓았지만, 딱히 가정에 관심이 없었던 무기력한 외할아버지는 아무런 조치도 취하지 않았고,

외증조할머니는 집안일을 하지 않는 외삼촌을 나무라기는커녕 집안일은 여성의 역할이라며 어머니를 나무랐다고 한다.

言無實不祥. (이루 하편 17)
"말에 실체가 없다면 상서롭지 못하다.

내가 바느질에 재능이 있었는지는 모르겠다. 하지만 남녀 역할에 대한 고정관념, 즉 실체가 없는 말이 누군가에겐 상처를 주고 또 다른 편견을 만들어낼 것이다.

2. 역할이 나눠져 있을까?

집안일은 남자의 역할일까? 여자의 역할일까? 과거 조선시대의 생활을 들여다보자. 조선시대 후기의 여러 그림을 보면 과거에는 가정에서 성에 대한 역할 분배를 해왔다는 것을 볼 수 있다.

조선시대의 미술로 유명한 김홍도는 조선시대 후기의 풍습을 들여다볼 수 있는 그림을 많이 그렸다. 당시 여성들의 생활은 어떠했을까? 김홍도의 '빨래터'는 네 명의 여성이 냇가에서 빨래를 하는 모습을, '길쌈'은 여성이 베틀에 앉아 베를 짜는 모습을 엿볼 수 있다. 더불어 두 그림을 포함하여 신윤복의 '장옷 입은 여인'을 보면 여성이 아이를 등에 업거나 같이 있는 것으로 보아 여성이 육아를 도맡은 것도 알 수 있다.

반면 남성들의 생활은 어떠했을까? 김홍도의 '논갈이'나 '어장' 등

좌-김홍도의 '빨래터' / 우-김홍도의 '길쌈'

을 보면 조선시대의 주업이자 돈을 벌 수단인 농업과 수산업 등은 남
자가 대부분 행하는 것을 볼 수 있다. 또한 '활쏘기'는 무기를 다루는
사람은 주로 남자가 맡았으며 전쟁과 싸움 등도 남자가 주로 해왔다
는 것을 알 수 있다. 그림만 들여다보아도 우리는 옛날부터 여자는

좌-김홍도의 '활쏘기' / 우-김홍도의 '논갈이'

집안일, 남자는 농사를 주로 맡았다는 것을 단번에 느낄 수 있다.

남성 중심적인 부권제는 옛 관습에서도 볼 수 있다. 가정을 이끌어 가는 사람은 남자라는 인식이 강했기에 여성이 남자아이를 낳길 원했으며, 자녀의 이름에는 남성의 성을 따르도록 하였다. 〈길가메시 서사시〉, 〈마하바르타〉, 〈일리아드〉 등의 여러 문서에서도 부권제를 바탕으로 한 이야기를 읽을 수 있다.

하지만 이는 옛날이야기. 시간이 지날수록 모든 인간의 권리가 존중받는 시대가 왔고, 여성의 인권을 높이면서 남성과 여성이 평등하게 만들도록 운동하는 사람들도 생겨났다. 때문에 편견을 깨고 평등을 주장하는 오늘날에는 가부장적인 모습이 많이 개선되어지는 추세다. 예전엔 남성이 도맡아 가정을 이끌 돈을 벌어왔다면, 현재 여성도 일을 할 수 있으며 가정을 꾸릴 만큼 여력을 갖추고 있다. 그에 따라 남성과 여성은 가사노동을 함께 하거나 분배해서 담당하는 집안이 늘어났다. 이름에도 변화가 생긴다. 아직까진 자녀가 아버지의 성을 따르는 경우가 대부분이지만, 오늘날에는 이혼 등의 이유 또는 자녀가 원한다면 얼마든지 성을 어머니의 성으로 바꿀 수 있다.

모든 사람의 권리는 동등해야 한다는 많은 사람들은 남성과 여성의 평등을 추구해왔다. 그러나 아직까지 여성의 지위가 낮음을 표현하며 여성이 가지는 권리가 많이 없다는 사람들과 여성의 지위가 너무 높아져 오히려 남성들이 역차별 당한다는 사람들 사이에서 오늘날 갈등이 발생하고 있다.

중학생 당시, 사회 교과서에서 유리천장을 두드리는 여성 직장인이 묘사된 그림을 참고 자료로 본 적이 있다. 능력을 갖춘 사람이 어떠한 노력을 해도 직장 내에서 여성이라는 이유로 승진할 수 없음을 의미하는 그림이었다. 과거에 비해 남성과 여성이 동등해졌다고 한들, 여자가 직장생활에 참여하여 가정에 보탬이 되는 사회가 그리 오래되진 않았다. 영국에선 2013년 3월 8일, 국제 여성의 날을 기념하기 위해 OECD에 가입한 나라들을 대상으로 여성이 직장에서 받는 대우의 정도를 조사해 통계를 냈다. 수치가 높을수록 여성이 동등한 대우를 받는다는 의미였으나, 우리나라는 100점 만점 중 14점을 받아 26개국 중 최하위를 등극했다. 이는 OECD의 평균 기준인 약 60점에 한참 못 미치는 수준이었다.

뉴스
스포츠&라이프 | **한국의 '유리 천장' 지수는**

이병효(코멘터리 발행인) | bbhhlee@gmail.com

tennispeople - 한국의 '유리 천장' 지수는

이 문제를 인식하고 승진에 어려움을 겪던 여성들을 위해 우리나라의 기업은 개선을 해왔을까? 2019년에 OECD가 똑같은 주제로 조사한 결과, 대한민국은 20점을 겨우 넘긴 했지만 최하위를 벗어나진 못했다. 사람들이 여성과 남성 사이의 평등을 위해 갖은 노력을 해왔다고는 하나, 여성의 사회 진출에 있어서 아직 막연하다는 것은 변함없다. 일부 여성들은 이를 해결하기 위해 제도적 노력이 필요하며 직장 내에서도 개선해야 한다는 주장을 해오고 있다. 대한민국은 실제로 여성의 사회진출에 대한 구조적 억압과 차별을 적극적으로 철폐하기 위한 방안으로 '여성할당제'를 개정하기도 했다.

[팩트체크] '여성할당·가점제'로 남성 취업 불이익?

송고시간 | 2021-07-03 08:00

연합뉴스 - [팩트체크] '여성할당 · 가점제'로 남성 취업 불이익?

그러나 '여성할당제'는 시간이 지날수록 사람들 사이에서 논란이 일어났다. 일부 남성 청년층들이 주장하길, 과거에는 여성의 교육, 사회적 참여 기회가 상당히 적었으나 오늘날에는 사회 관습, 문화적으로 차별하는 일이 상당히 없어졌기 때문에 여성할당제는 오히려 남성의 취업기회가 박탈된다고 한다. 인터넷 속에서는 이에 "기업에서 사람을 채용할 자유가 사라지고 있다.", "성 구분 없이 잘하는 사람을 뽑아야 한다."는 의견을 찾아볼 수 있었다.

군대와 관련해서도 성불평등 문제가 많이 일어난다. 병역의 의무를 지닌 사람들은 군대에서 1년이 넘는 시간을 지내고 총기, 폭발물 등 부상 또는 사망할 수 있는 여러 요소가 있다.

대구 육군 50사단 신병교육대대 훈련장에서 훈련 받던 한 병사가 들고 있던 수류탄이 갑작스럽게 터진 안타까운 사건이 일어났다.

[단독]수류탄 폭발로 손목 잃은 훈련병 "믿었던 군이 배신"

훈련병 가족-軍 당국, 민간병원 치료비, 의수(義手) 구입 비용 갈등

(대구·경북=뉴스1) 배준수 기자 | 2015-11-06 15:46 송고 | 2015-11-06 16:33 최종수정

news1 - 수류탄 폭발로 손목 잃은 훈련병 "믿었던 군이 배신"

또 다른 사건으로는 경북의 육군 부대 사격장에서 병사가 사격훈

련 중 총기를 발사해 머리에 관통상을 입기도 했다. 이처럼 목숨에 위협이 되는 물건이 많은 군대인 만큼 우리나라의 군인은 휴가를 나오면 교통비나 통신비, 영화표를 할인받거나 놀이공원, 스포츠 경기를 무료로 관람하는 등 크진 않지만 소소한 혜택을 받는다.

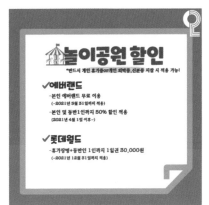

다나와 - 2021년 새로워진 군인혜택 총정리

이런 작은 혜택들은 병역의 의무를 진 군인들에게 힘을 주기도 하며 일을 하는데 뿌듯함을 느낄 수 있다.

그러나 이에 불만을 가진 사람들이 있다. 한 커피숍에선 특별휴가를 나온 군 장병들이 발급받은 쿠폰을 제시하면 오늘의 커피 한 잔을 무료로 마실 수 있는 군인우대 혜택에 일부 여성 네티즌들은 성차별이라며 논란을 일궜다. 시민들은 여성도 복무하는 군인이 있으며, 우리나라를 위해 힘쓰는 군인에게 저런 혜택도 줄 수 없냐며 황당하다는 반응을 보였다.

여성에게 불이익인지 남성에게 불이익인지를 두고 몇몇 시민들은 남성을 혐오하거나 여성을 혐오한다. 정치적으로도 이로 인해 많은 언변이 오고 간다. 성으로 인한 싸움이 심해지면 심해질수록 마치 다른 생물인 마냥 편을 가르기 시작한다. 그리고 편을 가르기 시작하면 성불평등 문제는 어쩌면 영영 해결되지 않을 문제일지도 모른다.

인간은 여성과 남성이 서로 단절된 사회 속에서 살아갈 수 없다. 서로 인구의 절반을 차지하고 있고, 여성과 남성, 어느 한쪽이라도 급격히 줄어들었다가는 번식하지 못하여 인류가 사라질 수 있다. 어느 한쪽도 사라질 수 없기에 우린 서로의 관계를 개선하고 노력해야 한다. 지금의 우리를 위해서, 미래의 후손을 위해서 말이다.

서로의 갈등을 해소하기 위해선 우리가 가져야 할 태도 중 하나인 차별을 경험한 사람들의 이야기에 귀 기울여야 한다. 한 마디로 역지사지(易地思之)의 마음을 가져보자. 남성은 앞에서 말한 유리천장처럼 여성이 여자라는 이유로 어떠한 차별을 받았는지, 우리 사회가 아직 여성을 어떻게 차별하는지를 집중하고, 자신이 여자라는 이유로 부당한 대우를 받았을 때의 느낌이 들지 등을 고민해 본다.

여성도 마찬가지로 남성이 남자라는 이유로 어떠한 차별을 받았는지, 내가 남자가 되어 군대에 가면 어떤 기분이 들지 등을 생각해 본다. 서로가 받는 차별에 대해 고민해 보았다면 해결하기 위해서 방안을 제시하고 서로의 이익을 위해 주장만 할 것이 아니라 배려를 통해 합의점을 찾아 함께 앞으로 전진해야 한다. 무엇보다도 인간은 성으로 구분될 수 있으나 다른 종이 아니기 때문에 화합과 배려가 갈등을 줄일 것이다.

성불평등은 정말 다루기 어려운 문제이다. 쓰면서 내가 과연 옳은 말을 하고 있는지 누군가에게 상처를 주고 잘못된 글을 쓰고 있는지를 계속 생각하게 만든 어려운 문제인 만큼 가장 쓰기 힘든 부분이지 않았나 싶다.

博學而詳說之, 將以反說約也. (이루 하편 15)

"폭넓게 배우고 자세하게 설명하는 까닭은 장차 핵심적인 요점을 말하는 것
으로 되돌아오기 위해서이다."

폭넓게 다양한 예시들을 제시하여 핵심적인 요점을 말했는지 모르
겠다. 우리 사회에서 여성과 남성을 동등하게 대우하고 차별없는 시
선으로 봐줬으면 하는 말을 전하고 싶다.

5. 모두 사람이다

可以取, 可以無取, 取傷廉. (이루 하편 23)

"자기 것으로 취해도 될 것 같지만 실은 취해서는 안되는 경우인데 취한다면 청렴을 해치게 된다."

편견이 위 말에 해당한다고 생각한다. 내가 가진 편견이 옳다고 판단하고 누군가를 해치면 차별을 하는 것이니 말이다. 그만큼 마음속에 있는 편견은 구별하기 어려우나 행동으로 실행하기는 쉽다.

많은 사람들은 모든 인간이 빠짐없이 존중받을 수 있도록 노력해왔지만 해결되지 못 했다. 어떤 기준도 옳다고 할 수 없고 조금만 엇나가도 어떤 집단에게 역차별을 일으키니 말이다. 인류에게 주어진 수많은 문제 중 평등은 앞으로도 많은 어려움을 겪을, 어쩌면 영원히 해결될 수 없는 가장 어려운 난제이자 완벽히 이룰 수 없는 가치일 수 있다. 편견은 인식하기 어려운 마음이니 말이다. 하지만 완벽하진 않아도 편견을 없애려 시도해 보자. 차별을 없애기 위한 행동 하나하나가 모여 큰 결실을 맺을지 누가 아는가?

모두 사람이다. 장애인, 청소년과 노년층, 여자와 남자, 성소수자, 흑인, 황인, 백인 등 여러 인종들 등등 모두 사람이다. 야구 경기장에 똑같은 관람석에 있지만 벽이 너무 높아 야구장을 볼 수 있는 키 큰 사람만이 경기를 즐길 것이다. 그러나 모든 사람이 높은 벽을 넘어 야구 경기를 직관할 수 있는 방법을 마련한다면 더 많은 관중들이 경기를 즐기고 더 큰 함성과 응원을 자아내어 야구장을 가득 메울 수 있다. 이 세상에 같은 사람으로 태어났지만 다르다는 이유로 차별을 받는다면, 차별 받지 않고 모두가 세상에서 공평함을 누릴 수 있도록 노력을 위해 힘써 완벽하진 않지만 어느 정도 평화로운 세상을 꾸밀 수 있을 것이다.

불량한 미술부원, 맹자를 만나다

손나영

about 손나영

현재 동문고등학교를 재학 중인 학생이다. 최근 애니메이션과 움직이는 웹툰에 관심을 갖게 되어 애니메이터를 꿈꾸고 있다. 현재 만화·애니메이션 학과 진학을 목표로 하고 있다.

- 차 례 -

1장. 잠재력, 재능? 그게 뭔데?

1. 내게 잠재력이 있을까?

言無実不祥. 不祥之実, 蔽賢者当之. (이루 하편)
"말에 진실함이 없다면 상서롭지 못하다. 상서롭지 못한 말의 실질로는 남의
재능을 은폐하는 것이 그에 해당된다."

지금까지 살면서 재능이란 것에 대해 생각하는 일이 잦았다. 아마
어렸을 때부터 재능이 많다는 소리를 많이 들었기 때문일 것이다. 매
번 사람을 만나면 그들은 내게 이런 말을 하곤 했다.
"나영아, 너는 정말 그림 잘 그린다~! 미술 선생님이 꿈이야?"
"재능 있네, 이쪽으로 갈 거야? 잘한다~."
이 말을 들을 때마다 나는 내가 가장 잘 그리고 잘 해내는 것만 같
았다. 칭찬은 고래를 춤추게 한다고, 점점 그림이 좋아져 결국 진로
를 예술 쪽으로 잡았다. 그러나 성장하면서 많은 사람을 만나고 알아
가면서 깨달았다. 내가 그리 특출난 것은 아니라는 것을. 나는 흔한

아이들 중 하나였음을. 그림을 그려도 점차 칭찬보다는 쓴말을 더 많이 받기 시작했다. 그 말이 왜인지, 내가 하려는 건 죄다 틀렸다고만 말하는 것 같아서, 나는 그림을 그리면 안된다고 말을 하는 것만 같아서 그 말들이 너무 마음에 아팠다. 어떤 말들에도 나는 상처를 많이 받게 되었다. 나는 우물에서 나온 어리숙한 개구리였고 꿈이란 바다는 너무 넓고 깊어 빠져 가라앉게 만들어 결국엔 내 숨을 틀어막았다.

어느 순간부터 재능이란 뭘까? 과연 내게 재능이 있는 게 맞을까? 생각하기 시작했다. 재능이란 것이 뭐길래? 재능이란 것이 뭐길래 그리 중요하며, 중요하다면 왜 나에게는 없는지. 정녕 나에게는 없는 것인지. 그게 뭔데 사람을 이리 괴롭히는 것인지. 그놈의 재능이 뭐길래!

재능. 냉정하게 중요한가 아닌가 따지자면야 중요할 테다. 어떻게 안 중요하겠는가. 흔히들 말하는 비유를 빌리자면 재능이란 것은 출발점의 차이와도 똑같다. 특히 예술 쪽에 관련해서는 더 중요하고 심하다고들 많이 한다. 음악이나 스포츠만 해도 전체 성과에서 선천적 재능 등이 차지하는 비중이 약 80%를 차지한다는 논문마저 나와 기사에 실린 적도 있다. 재능이 있는 자들은 우리가 뛸 인생길에서 우리보다는 몇십, 몇백, 어쩌면 몇천 미터는 앞에서 시작하는 것과 다

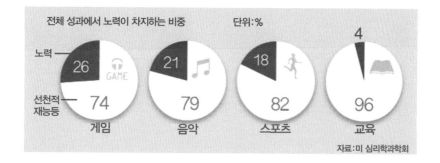

름이 없다. 그들이 나쁘다는 것은 아니지만, 우리 입장에서는 그 차이가 불합리하다고 느껴질 수 있는 부분이다.

물론 남은 20%도 결코 작은 숫자는 아니라는 것을 기억한다. 그렇지만 80%의 숫자는 마음에 너무 크게 다가온다. 결국 무엇이든 타고난 재능이 있어야 잘 할 수 있는 것이 아닌가? 노력을 해도 타고난 재능에는 이기지 못하는 것 아닌가? 하고 허망함을 갖게 하며 끝내 포기하게 만들기도 한다. 재능의 차이는 역시 사람이 어떻게 할 수 없다며.

여기까지 찾아보니 더욱 분해져서 재능이란 것에 대해 다시 한번 생각해 보고 자료를 더 찾기 시작했다. 재능이란 무엇인가? 나는 우선 정확한 정의를 보기 위해 사전을 찾았다.* 재능은 어떤 일을 하는 데 필요한 재주와 능력으로, 타고나는 능력과 훈련으로 획득한 능력, 맥락에 따라는 타고난 소질, 천부적인 소질로 나뉜다.

타고나는 능력과 훈련으로 획득한 능력이란다. 슬프지만 태어나길 타고나는 능력은 이미 늦었으니 제쳐두고 이번에는 훈련으로 획득한 능력에 주목해 보았다. 훈련으로 획득한 능력은 노력을 통해 얻은 능력이라 한다. 재능의 벽을 느낀 우리들은 그것을 뛰어넘기 위해 노력을 한다. 정말 죽도록 말이다. 그래야만 원하는 재능을 손에 넣을 수 있기에.

그러나 이쯤에서 다시 드는 궁금증이 있다. 재능은 어느 정도의 노력을 요구하는가? 어느 정도 노력을 해야 재능이라 불릴 수 있는 만큼의 능력을 얻을 수 있는 건가? 그러니까, 노력은 재능에 얼마만큼의 기여를 하고 있는지 생각하게 된다. 내가 어떻게 해야 하는 건지.

노력은 '목적을 이루기 위하여 몸과 마음을 다하여 애를 쓰는 것'이

---

* 네이버 백과사전

라는 의미를 지니고 있다. 그런데 이 노력의 기준이란 게 너무 애매하다. 노력의 기준과 정도는 모두가 다르다. 내게는 최선이라 생각하는 노력이 남에게는 '겨우 그 정도가 끝이야?'라고 생각되기 쉬웠고, 반대로 남의 최선이 내게는 와닿지 않을 때도 있다. 이런 상황은 때로는 박탈감에 허탈하게 했고 때로는 자괴감에 힘들었다. 내가 보기에 나는 재능도 없고 노력도 제대로 할 수 없는 사람이었기에. 노력을 할 수 있는 것도 재능이라던데, 재능과 함께 노력이란 말이 때로는 잔인하게 느껴졌다.

노력은 배신하지 않는다는 말이 있지만, 현실에서 그 명언은 좌절될 때가 많았다. 내가 한 노력이 누군가에겐 하찮은 무언가로밖에 보이지 않았다. 그것이 참을 수 없을 만큼 숨을 턱 막히게 해 더 이상 무언갈 시도하고 싶지 않게 했다. 투정 같은 말이라고 누군가는 생각할지도 모른다. 혹은 핑계만 계속 댄다고 이야기할지도 모른다. 하지만 한때, 내게 재능과 노력, 그런 말은 너무 버거웠다. 사실 지금도 가끔씩은 버겁게 느껴지고 몸을 굳게 만들긴 하지만.

아무튼 다시 본론으로 돌아가자면, 그래서 노력의 기준은 어디인가? 이다. 사람마다 똑같은 노력의 기준을 세울 수 없을 텐데, 기준을 세울 수 있긴 한 건지 의문이 든다. 한계까지 자신을 몰아내는 것을 노력이라 말하기는 힘들다. 최선의 노력이란 뭘까. 아직까지도 어렵다.

지금 내가 생각하는 노력이란 현재 할 수 있는 것만큼만 다 하는 것이다. 생각보다 어려운 일이다. 할 수 있는 일을 하는 것. 과하지도 부족하지도 않은 노력을 찾는 것. 자신을 혹사시키는 것도 아니며 부족한 것을 찾을 수 있는 것. 바로 이것이 내가 할 수 있는 만큼의 노력 아닐까 싶다. 적어도 하루에 30분이라도 시간을 내어 크로키를 한다던가, 한 시간 동안만이라도 집중해서 수업을 듣는다던가, 그런 것들 말이다. 글로 이렇게 본다면 너무나도 작아 보이고 별거 아닌 노력이다. 하지만 작아 보이더라도 의외로 지키기 어려운 것을 지키기 위해 최선을 다하는 것은 어려운 일이다. 귀찮더라도 다 하는 것. 장기적으로 노력해 나가야만 하는 것. 그러니 노력은 매일매일 진심으로 할 수 있는 것을 다 해내는 것이 아닐까.

이제 다음으로 생각하게 되는 것은 재능이다. 이 재능이라는 것을 우리는 어떻게 바라보아야 하는지. 사회에서는 이 재능이란 것에 대해 어떻게 보고 생각하고 있을까?

긍정적인 시선도 있고 부정적인 시선도 있다. 긍정적인 시선으로 본다면 자질이 있고, 그 일을 즐겁게 할 수 있고, 그 일에 강할 수 있다는 것이다. 어떤 곳에서는 필요한 인재가 될 수 있고 전문 분야에서는 유명인이 될 수도 있다. 다만 부정적인 시선으로 본다면 재능충이라느니, 재능이 있는 사람은 노력을 하지 않으니, 태어날 때부터 다 정해진 것에 무슨 의미가 있냐는 등의 아니꼽게 보는 일이 많다. 혹은 재능 있는 사람은 성격에 결함이 있기 마련이라고 비아냥거리는 사람도 있다.

이쯤에서 맹자 구절을 상기시켰다. 진실함이 없는 말은 상서롭지 못하므로 재능을 가진 사람을 험담하거나 무고해 그의 재능을 남들이 알지 못하게 하지 말라는 그 말.

맹자는 우리에게 재능이라는 것을 질투해 헐뜯지 말라고 말한다. 너무 부정적으로 생각하지 말고 비난하지 말고 질투하여 험담하지 말라고 말한다. 그들을 알아보아야 한다고 했다. 이것이 옳다. 우리는 그에 관해 헐뜯고 삐뚤게 봐서는 안된다. 삐뚤게만 바라보면 점차 오해가 쌓여가고 거리가 멀어지게 되면 결국 모두 상처받고 구절의

말과 같이 숨겨져 버린다. 이렇게 되어서는 안된다. 우리는 함께 살아가야 한다. 진실한 말로써 함께 나아가야 한다.

　일반적으로 실력은 재능에 의해 정해진다, 타고난다고 믿는 고정 사고관으로는 손해를 본다는 연구도 많다. 노력하기 나름이라고 믿는 성장 사고관인 사람일수록 더 성장한다는 것이다.* 무엇을 믿을지는 지금 이 글을 읽을 여러분의 마음이지만, 나는 고정 사고관보다는 성장 사고관을 믿기를 더 추천하고 싶다. 더 성장하고 말고의 문제말고도 고정 사고관보다는 성장 사고관을 지니는 게 더 즐겁지 않겠는가. 재능으로 다 정해진다고 믿는 것보다 개인의 노력으로 내가 성장한다고 믿는 것이 말이다. 예전의 나처럼 고정 사고관으로 살며 의기소침해지고, 상처를 많이 받지 않았으면 한다. 뭐, 재능이 없다고 누가 뭐라는 것도 아니지 않나. 나는, 우리는 그냥 즐겁게, 열심히, 매 순간에 노력하며 그리는 것, 그거면 된 거 아닐까!

　우리는, 재능이라는 것을 긍정적이게도, 부정적이게도 바라보지

---

* http://agile.egloos.com/3111334

말고 온전히 진실하게 받아들이는 것부터 필요하다. 재능은 사실, 각자 살기에 그리 중요한 요소가 아닐지도 모른다. 그러니 부러워 할 필요도, 질투할 필요도 없다. 이 책을 읽고 있을 여러분은 '왜 나는 재능이 없을까' 같은 자책이나 '왜 쟤는 저렇게 뛰어날까', '쟤는 다 쉽게 하잖아' 같은 남탓을 하지 말았으면 한다. 예전의 나와는 다르게 말이다.

2. 내게 맞는 환경으로

牛山之木嘗美矣, 以其郊於大国也, 斧斤伐之, 可以爲美乎？ 是其日夜
之所息, 雨露之所潤, 非無萌櫱之生焉, 牛羊又從而牧之, 是以若彼濯
濯也。人見其濯濯也, 以爲未嘗有材焉, 此豈山之性也哉. (고자 상편)
"우산(牛山)의 숲은 예전에 아름다웠지만, 큰 나라의 근교에 있기 때문에
사람들이 도끼로 베어 내니, 계속 아름다울 수 있겠는가? 낮과 밤으로 자라
나고 비와 이슬이 적셔 주어 새싹이 움터 나오지 않는 것은 아니지만, 또한
소와 양들을 그 곳에다 놓아 먹이니 저렇게 반들반들한 민둥산이 된 것이다.
그 반들반들한 것을 보고서 그곳에는 예전부터 나무들이 없었다고 생각하
지만, 그것이 어찌 산의 본래 성질이겠는가?"

우리는 언제나 어떤 중요한 일을 하기 전에는 주변에 신경 쓰이는 것이 없게끔 정리를 하곤 한다.

"방 먼저 치우고 집중하려고!"

"집은 너무 집중이 안 돼. 나 카페 다녀올게."

이런저런 말을 하며 밖을 나가기도 하고 말이다. 나만 해도 지금 글을 쓰기 위해 산만한 주위를 청소하고 나서야 자리에 앉았다.

환경이란 참 중요하다. 나는 당장 그림을 그려야 한다고 해도 '집중을 하려면 주변이 깨끗해야 한다'며 주위를 깨끗하게 치우고 시작한다. 혹은 쾌적한 환경을 찾아 가거나. 하기 싫은 일을 미루려는 핑계라고 생각될지도 모른다. 사실 간간이 주변이 더럽다는 핑계로 할 일을 정말로 미루기도 했으니 말이다. 하지만 "환경이 사람을 지배한다."라는 말이 괜히 나온 것은 아닐 터다.

하물며 맹모삼천지교라고, 맹자의 어머니 또한 그녀 자식에게 맞는 교육환경을 찾아 몇 번이고 이사를 해왔다. 맹자의 어머니는 처음에는 장의사의 옆집으로 이사를 갔다. 그러자 맹자는 곡소리를 내며 장사를 지내는 것을 흉내내곤 했다. 두 번째에는 시장 근처로 이사를 갔다. 이번엔 맹자는 물건을 파는 장사꾼 흉내내곤 했다. 마지막으로는 서당 근처로 이사를 갔다. 맹자는 그제서야 공부하는 흉내를 내며 책을 읽었다. 이처럼 환경이란 것에 알게 모르게 많은 영향을 받는다. 그러니 주변 환경은 우리 같은 청소년의 시기에는 얼마나 더 중요하겠는가!

그 환경을 찾아 떠난다거나, 주위를 가꾸는 노력이 필요한 것이다. 우선 주위를 깨끗이 만든다던가 내게 맞는 환경을 찾는 시도를 하는 노력이 말이다. 내게 적절한 환경을 찾는 노력은 매우 중요하다. 작은 노력이든, 혹은 큰 노력이든. 때론 핑계처럼 보일지도 모르는, 아니면 미련하게 보일지도 모르는 그런 노력이라 할지라도.

맹자는 환경과 더불어 그 환경을 가꾸고 유지하기 위한 후천적인 노력도 중요하다고 말한다. 그렇다면 맹자가 말하는 내게 맞는 환경을 위한 후천적인 노력에는 무엇이 있을지 생각하게 된다. 우리 환경을 바꾸거나 후천적인 노력을 해나갈 일이 무엇이 있을까? 환경이 우리에게 얼마나 영향을 미치는가?

환경을 가꾸는 후천적 노력이 왜 필요한지 설명하기 전에, 우선 환경이 왜 중요한지 말해야 할 것 같다. 학습 환경은 능동적 학습을 위한 촉매자가 되기 위한 힘을 갖게 만들고, 우리가 교육에 관해서 어떻게 느끼는가 하는 것에 뇌가 교육에 대해서 어떻게 반응하는가에 엄청난 영향을 미친다. 한마디로 그 일에 집중할 수 있게 도와주고 그 일을 더욱 잘하는 발판을 마련해 주기도 하며, 때로는 어떤 일을 해야 할지 길잡이를 해준다는 것이다.

그렇다면 좋은 환경을 위해 어떤 노력이 필요할까? 사실 우리는 잘 알고 있다. 학교 수업 중에, 집에서 늘 강조하며 배웠기 때문이다. 우리는 초등학교 시절부터 지금까지도 책상 위가 지저분하거나 주위가 어수선하면 선생님께 지적을 받고는 한다. 책걸상 위를 깨끗이 하라며 말이다.

"학습공간의 청결은 기본이에요."

"책상 위 달력이랑 거울 때문에 칠판에 집중이 안되는 것 같네요. 사물함에 넣거나 서랍에 넣도록 할까요?"

이뿐만 아니라 진로수업 때라거나 자율학습시간, 학교 방송에서도 자주 듣곤 했을 것이다. 환경이 여러분에게 미치는 영향과 무엇보다 환경을 관리해야 하는 이유, 그리고 방법을 말이다. 그래도 다시 한 번 정리해 보자면 네 가지 정도로 말할 수 있다.

학습 환경을 조성하기 위해서는 이런 방법이 필요하다.

첫 번째로 책상 위의 집중을 방해하는 만화책이나, 책, 거울, 때때로는 시계까지. 이 자리를 정돈하기.

두 번째는 외부 소음이나 스트레스를 받는 것을 제외하고 전념할 수 있는 리스트를 만들기.

세 번째는 자신이 할 일에 방해가 아닌 자극을 줄 만한 것을 찾아 올려두거나 작은 목표를 설정하기.

네 번째는 주위에 시간을 빼앗기지 않기.

정말로 많은 사람들이 다 들어보았거나 이미 알고 있는, 하지만 잘 지키지 못하는 이런 방법 말이다. 뻔하지만 확실한 방법 중 하나인 이것은 끈기와 노력이다. 맹자가 말한 것처럼 환경을 유지하기 위한 후천적 노력이 필요한 것이다.

환경과 노력에 대해 이야기를 하니 생각난 일이 하나 있다. 작년 일이다. 코로나 상황으로 인해 나는 공부를 하거나 그림을 그리는 등 모든 것을 집에서만 하고 있었다. 그러나 집에서만 마냥 있으려니 영 집중이 안되고 산만했다. 그러다 결국 하던 숙제를 놓고 유튜브로 들어가 아무 영상이나 계속 봤다. 그러다가 진로 수업에서나 볼 듯한 영상을 하나 보았는데, 그게 바로 주위 정돈의 중요성을 말하는 영상이었다. 처음에는 어떤 내용인가 싶어 보다가 주위 정돈을 해야 일에 집중한다는 말에 홀려 숙제를 하다가 별안간 방 청소를 시작했다.

지금 생각하면 웃기긴 하지만. 방 청소를 약 한 시간에서 두 시간 정도를 했던 것 같다. 바로 숙제를 하진 않았지만, 저녁을 먹고 다시 숙제를 했을 때는 놀랐다. 딱히 집중력이 향상되었다는 느낌은 느끼지 못했는데 원래의 숙제를 하던 시간보다 30분 정도가 더 빠르게 끝났기 때문이다. 책상 위 환경이 이렇게 중요한 것인 줄은 몰랐는데 나는 꽤 많이 영향을 받고 있었던 모양이었다. 덕분에 여유로워진 30분은 만화책을 읽으며 즐겼고.

이날 이후로 나는 집에서 숙제를 하기 전에 책상 위의 것을 모두 바닥에 내려놓거나 치우는 습관을 들이기 시작했다. 그러고 나면 언

제나 만화책을 읽을 30분의 여유가 생기기 때문에! 물론 어디까지나
내 기분탓일 수도 있지만, 속는 셈 치고 여러분도 주위 환경을 먼저
조성해 보는 것이 어떨까?

3. 재능, 없어도 괜찮아

是故，誠者，天之道也，思誠者，人之道也。至誠而不動者，未之有也，不
誠，未有能動者也. (이루 상편 12)
"그러므로 진실함 자체는 하늘의 도이고, 진실함을 추구하는 것은 사람의
도이다. 지극히 진실한데도 남을 감동시키지 못하는 경우는 없고, 진실하지
않은데도 남을 감동시키는 경우는 없다."

첫 번째 이야기에서 썼다시피 나는 재능에 대해 많은 생각과 고민이 있었다. 그리고 그 결과 스스로 '나는 재능이 없다.'라는 결론을 도출했다. 처음에는 정말 힘들었다. 마음이 많이 아팠고 남들이 부러웠다. '나는 왜 이것밖에 안되는 거지?'라며 자신에게 책망을 많이 했다. 의기소침해져서 나 자신을 많이 욕하기도 했다. 지금이야 웃으면서 말할 수 있지만 불과 1년 전까지만 해도 재능에 대한 생각이 불쑥, 고개를 내밀 때면 괴로웠다. 사춘기와 겹쳐져 많이 우울해하기도 했다. 집에서 이불을 뒤집어 쓰고서는 밤새 훌쩍이고는 했었던 기억이 있다.

이때쯤 내겐 칭찬도 독이 되어 돌아왔었다. 누군가 내게 칭찬을 해도 그대로 받아들일 수가 없었다. "잘 그리네~. 너는 진짜 미술로 가도 되겠다."라는 말을 들으면 자꾸만 꼬아서 '정말로 그렇게 생각하는 걸까? 그냥 입발린 말은 아닐까?'라는 생각이 들었다. 자꾸만 스스로 상처를 내며 곪아갔었다.

작년, 1학년을 대상으로 여름방학에 개설된 학교 프로그램에서 기초디자인 수업을 수강했다. 선생님께서는 수업 첫날에 우리와 짧게 이야기를 나누셨다.

"여러분, 재능에 대해 너무 생각하지 마세요. 재능, 그거 중요한 거 맞아요. 그런데 솔직하게 말하면 여기 있는 사람 중에 특출나게 뛰어난 사람 없잖아요. 재능 있는 사람이라면 여기에 없겠죠. 어디 예고를 다니거나, 다른 지역에 있거나… 그렇지 않겠어요? 그런데 괜찮아요. 사실 여러분 생각보다 중요하지 않습니다. 재능보다 중요한건 그 후에 얼마나 노력하고 끈기있게 잡고 있느냐예요. 포기하지 마세요, 여러분. 재능있는 사람은 어렸을 때는 반짝여 보일지도 몰라요. 하지만 재능만 있고 노력을 하지 않는 사람은 벽을 넘지 못합니다. 마지막까지 빛나는 건 노력하는 사람이에요. 그리고 저는 마지막까지 빛나는 사람이 여러분이었으면 좋겠어요. 자, 그럼 이제 연필을 잡아볼까요?"

수업 첫 날에 선생님께서 하신 이야기는 지금까지도 내게 인상 깊게 남아 있다. 그 뒤로 '재능'이라고 하면 가장 먼저 떠오르는 말이 되었다. 또한 재능이 별거 아니라고, 없어도 괜찮다고 생각할 수 있는 계기가 되었다. 선생님의 말씀이 꼭 내가 지금까지 한 고민을 다 알아차리고 하신 말 같았다. 앞의 내 상처들이 서서히 치유되는 기분이었다. 그래서 그날은 오랜만에 정말 즐겁게 그림을 그렸던 것 같다. 지적을 받아도 수용할 수 있는 여유가 생겼다. 옛날만큼 아프지 않았다. 오히려 날 정확하게 봐주고 있다는 생각이 들어 좋았다.

진실함을 추구하는 것은 사람의 도라는 맹자의 말은 성실로 해석될 수 있다. 요약하자면 이것이다. '모든 일에 있어 성실을 생각하라. 성실하면 감동하지 않는 것이 없다.' 성실함은 참 예나 지금이나 중요한 덕목이었나보다. 맹자도 선생님도 이렇게 강조하는 것을 보니.

진정으로 성실함이란 무엇일까? 사전적 의미의 성실은 마음이 솔직하고 맑고 깨끗한 일, 거짓이 없는 것이다. 하지만 단순한 사전적 의미로 성실함을 판단하기에는 무언가 어려운 부분이 있다. 또한 성실한 것이 매번 좋은 것도 아니다.

성실함은 곧 거짓이 없는 것이므로 과정이 중요하다고 생각한다. 성실하게 정직하고 원칙대로의 과정. 하지만 지름길을 선택하는 것이 나쁜 것인가, 하면 그건 아니다. 빠르게 일을 처리하는 것 또한 중요한 것이 아닌가. 지름길을 알고도 원칙대로의 일만 하는 것을 성실함이라 할 수 있을까? 그건 오히려 너무 경직되어 있지 않을까? 성실함이 과하면 그건 고지식함이 되어버린다.

나는 성실은 꾸준하게 노력하는 자세라고 생각한다. 사전적인 의미, 거짓없는 정직함, 다 떠나서 내게는 그저 무엇이든 제 일을 꾸준히 포기하지 않는 것, 그것이 성실이다. 무엇이든 꾸준히 일을 하다 보면 요령이 생기기 마련이고 그걸로 제 일을 더 빠르고 확실하게 끝낼 수 있다면 이게 성실이 아니고 뭐란 말인가. 맹자는 진실, 그러니까 성실한데도 남을 감동시키지 못하는 경우는 없다고 했다. 여기에서 감동은 성실하게 일을 하며 상대를 위해 노력하는 것이 아닐까, 생각한다. 그러기 위해 요령을 만들기도 하고 혹은 끊임없이 계속 포기하지 않는 것 아닐까.

내가 성실함을 이렇게 생각하게 된 것에는 이유가 있다. 언제였더라. 나는 언제나처럼 과제를 하고 있었다. 많은 양이라고 느끼진 않았지만 시간이 오래 걸리는 숙제였다. 이 때문에 시간 계산을 잘못해서 숙제를 못해가는 일도 몇 번 있었다. 한마디로 성실하지 못하고 게으르게 숙제를 하고 있었다. 하지만 나는 내 잘못보다는 선생님에게, 혹은 가족에게 불평불만을 하곤 했다. 내가 못하는 게 아니라 양이 많은 거라고, 가족이 자꾸 불러서 방해한다고. 나는 성실히 과제를 수행하고 있는데 주위 탓에 못해가는 것이라고. 사실은 내가 게으른 게 맞는 것이면서 변명만 해댔다.

그러다가 어느 하루, 정말 크게 혼이 난 적이 있다. 내가 언제 성실히 했었냐고. 정말로 진정으로 성실히 숙제에 임했냐고. 내심 뜨끔했었다. 당연히도 나는 사실 내가 게으름 피우고 있던 것을 알고 있었기 때문에. 나는 한 번의 기회를 더 구했다. 한 번만 더 믿어달라고, 정말 성실히 임하겠다고. 웃프게도 과제를 밤을 새우며 했는데도 다 하는 것에 실패했다. 다만 그 날부터 어떻게 해야 할지 감을 잡아가기 시작했다. 그 날 나는 내 노력에 스스로 자화자찬하고 감동해 주었다. 가족과 선생님은 어떻게 생각하셨을지는 모르겠다. 아마 선생님께서도 노력의 흔적에 기뻐해 주셨던 것 같다.

어쨌든 어떻게 노력하고, 그 노력을 꾸준히 유지시키고, 요령을 새기고 변명하지 않는 방법을 알게 되었다. 성실을 그 날 몸으로 직접 배운 거라고 나는 생각한다. 그리고 맹자를 읽고 구절을 찾을 때 나는 이 맹자의 말이 참 와닿았다. 저 구절을 보았을 때 나는 성실함은 꾸준함, 그리고 노력하는 것이라고 느꼈다.

내가 생각한 성실함과 여러분이, 혹은 어른이 생각한 성실함과는 다를 수도 있다. '요령을 피우는 게 무슨 성실함이야?'라는 말을 들은 적도 있다. 하지만 요령으로 생긴 시간으로 다른 일에 남은 성실함을 쓸 수 있다면 좋지 않나. 그렇다면 더 많은 사람에세 감동을 줄 수도, 혹은 더 큰 감동을 선사할 수 있을지도 모른다.

어쩌겠는가, 내게 성실은 그리한 것을. 나는 내가 틀리진 않았다고 생각한다. 나는 오히려 이게 궁금하다. 여러분이 생각하기에 남에게 감동을 주는 성실함은 무엇인가?

2장. 망설임없는 표현

1. 난 표현하고 싶어!

存乎人者, 莫良於眸子, 眸子不能掩其惡. 胸中正, 則眸子瞭焉; 胸中不正, 則眸子眊焉. 聽其言也, 觀其眸子, 人焉廋哉? (이루 상편 15)

"사람됨을 살피는 데는 눈동자보다 더 좋은 것이 없다. 눈동자는 그 사람의 악을 감추지 못한다. 마음이 바르면 눈동자가 맑고, 마음이 바르지 않으면 눈동자가 흐리다. 그 사람의 말을 듣고 그 사람의 눈동자를 보는데 사람들이 어떻게 속마음을 감출 길이 있겠는가?"

 이 글을 읽는 여러분은 이제 다들 내가 그림을 그리고 미술계열 쪽으로 꿈을 고민하고 있다는 것을 알 것이다. 내가 하고 싶은 예술은 어른들 특히 부모님의 눈에는 별로 괜찮아 보이는 예술은 아닐지도 모른다. 누가 봐도 멋있고 분위기있는 풍경화라던가 동양화라던가 그런 게 아니라 캐릭터를 그리는 일러스트나 움직이는 그림인 애니메이션을 하고 싶기 때문이다. 그리 폼이 나보이지 않는 것은 안다. 하지만 내가 하고 싶은, 좋아하는 예술은 이것인 걸 어쩌겠는가.

예술은 미적 기술이라고도 한다. 내가 하고 싶은 말을 문자가 아닌 형태를 빌려와 메시지를 전달하는, 부드럽다면 부드럽다고 할 수 있는 그런 표현방법. 그렇다면 부모님께, 혹은 친구에게 주는 편지 구석에 작게 그려넣은 그림도 예술의 표현방법이지 않을까.

나는 손편지를 쓰는 것을 즐겨서 편지지를 많이 사둔다. 그리고 생일이나 혹은 기분이 좋은 날에는 사둔 편지지를 꺼내 재미있는 이야기나 사소한 일상을 적어 주변 사람에게 전달하곤 한다. 그러면 곧장 이런 반응이 돌아오고는 한다.

"어머, 편지 잘 읽었어. 여전하구나! 아, 그리고 마지막 그림 뭐야? 귀여웠어. 나 이거 평생 가지고 있을 거야!"

"이번에도 잘 받았어. 나도 편지 써줄게. 작은 그림 귀여웠어. 언제나 느끼는 거지만, 이런 거 정말 잘 그린단 말이지!"

이런 말을 듣는 것이 정말 큰 기쁨이다. 그럴 때면 더 신나서는 다음에는 무슨 삽화를 넣을지 고민한다. 편지를 쓸 때 편지의 남은 여백에 아기자기한 그림을 그려두는 것이 내 작고도 큰 행복이 되었다. 주로 현재 내 기분 상태를 알리는, 이모티콘 역할을 해주는 그림이나 혹은 상대가 보았을 때 기분 좋게 피식, 웃을 수 있는 그림을 그린다. 그림을 본 상대가 행복했으면 하는 기원을 담아서 그리는 그림이 말이다.

내가 하고 싶은 예술은 이런 사소한 행복을 담고 싶은 것이다. 내가, 혹은 다른 사람이 느끼는 감정을 온전히 나타내는 그림이나, 상대가 행복을 느끼는, 희망을 기대할 수 있는 그런 그림. 사소하지만 떠올릴 때면 무심코 웃음을 터트릴 수 있는, 따스함을 고스란히 담아낸 그런 예술. 나는 그런 감정들을 표현하고 싶다.

모네의 그림: 수련(좌), 양산을 든 여인(우). 출처: wikiart

존경하면서 닮고 싶은 예술가가 있다. 바로 인상주의 화가인 '클로드 모네'다. 그는 빛의 화가라고도 불리는 프랑스의 화가로 인상파의 개척자이다. 나는 그의 빛 표현과 그것을 위한 집착에 대해 감탄한다. 그는 가난에 굴복하지 않았고 정해진 빛의 색들을 거부하고는 야외에서 직접 관찰하면서 그림들을 그려나갔다. 그는 빛이 보여주는 다양한 변화, 계절에 따른 변화를 캔버스에 담아 우리에게 빛의 아름다움을 보여주었다.

모네는 하루종일 야외에서 빛을 바라보며 작업을 하였기에 시력이 나빠져만 갔고 말년에는 백내장으로 인해 시력을 거의 잃은 상태였다고 한다. 그럼에도 그는 생을 마감할 때까지 그림을 그리며 빛을 그려나갔다. 이에 폴 세잔은 '모네는 신의 눈을 가진 유일한 인간'이라는 말까지 남겼다.

나는 모네가 존경스럽다. 굴복하지 않고 제가 그리고 싶은 것에 집착하여 죽을 때까지 그 모든 것을 표현해간 것이. 나도 그를 닮아 이 세상 속에서 그림들을 녹여가며 내가 사랑한 것들을 굴하지 않고 표현해 나가고 싶다.

　여기까지가 내가 표현하고 싶은 예술이었으면 요즘 현대에서 예술을 무엇이 유행중일까? 이때까지의 예술을 고대부터 근대까지 돌아보면 언제나 그 시대의 유행, 트렌드가 있었다. 고대에는 풍요와 사냥을 기원하는 벽화가, 중세에는 은혜와 신을 경배하는 그림이, 르네상스에는 인간 중심의 문화로 돌아가는 고대 그리스 식의 그림이 유행했다.

　오늘날에는 정말 여러가지가 그것도 빠르게 바뀌어가며 유행하고 있다. 애니메이션이 유행하기도 하고, 캐릭터 일러스트가 유행하다가 3D 캐릭터 디자인, 이모티콘 그림이 유행했다가도 만화캐릭터가, 복고풍 그림이, 뉴트로가 다시금 유행하기도 했다.

　빠르게 트렌드가 변하면서 다양한 것들이 유행하는 세상을 우리는 어떻게 적응하고 따라가야 할까? 유행에 맞춰 따라가면 자신의 개성을 해칠 수도, 본인의 성장이 없을 수도 있다. 혹은 상상력이 크지 않을 수도, 유행에 따라가기 급급해 본래의 분위기를 잃어버리거나 흥미를 떨어트릴 수도 있고 나아가서는 질려버릴 수도 있다.

캐릭터 드로잉: 스노드롭, 히아신스

내가 하고 싶은 그림은 캐릭터 일러스트와 애니메이션이다. 캐릭터를 디자인하고 컨셉 일러스트를 그리며 그 캐릭터가 살아 움직이듯 움직이게 해줄 수 있는 것. 요즈음 유행하고 있지만, 그전부터도 동경해오던 꿈이다. 어릴 적 애니메이션을 보며 그 캐릭터를 보며 느낀 것을 다른 사람들도 느끼게 해주고 싶었다. 만든 캐릭터들이 각자의 매력을 가지고 움직여 사람들의 사랑을 받았으면 좋겠다. 더 넘어서는 사람들에게 위로가 되어줄 수도, 기쁨이 되어줄 수 있었으면 좋겠다. 나는 그런 창작자가 되고 싶다. 단순한 캐릭터가 아니라 내 창작물에게 다양한 서사를, 감정을, 개성을 선사해 주고 싶다. 내가 하려는 것이 내가 자라서는 유행이 저물었을지도 모른다. 감정을 공유하는 캐릭터는 매력이 없어졌을지도 모른다. 요즘은 빌런 같은 캐릭터가 인기가 많으니. 하지만 나는 맑은 눈을 가진, 따뜻한 캐릭터를 포기하지 못할 것이다. 그 따뜻함을 나누고 싶으니.

　유행에 너무 급급하지도, 그렇다고 제 것만 고집해가도 앞으로의 현대 유행에서 살아남을 수 없다. 건방진 말이라고 해도, 정말로. 결국 우리는 유행이란 것에 적응해 그 상황에 맞게끔 표현을 펼쳐나가야 한다. 다들 어떤 유행에 맞추어 갈지 충분히 고민해 보고, 유행에 맞추며 가길 바란다. 그리고 그 유행에 자신이 하고 싶은 것을 잘 녹여내어 이 유행의 파도에 살아남을 수 있기를 바란다.

2. 표현을 망설였던 이유

有不虞之譽, 有求全之毁. (이루 상편 21)

"예상하지 못했는데 칭찬받게 되는 경우가 있고, 온전하기를 추구했는데도 비난받게 되는 경우가 있다."

다들 표현하는 것을 망설이는 이유가 무엇일까. 그림을 그릴 때 무엇을 망설일까. 내 이야기를 하자면, 내가 표현하고 싶은 것이 있을 때 망설였던 이유는 '내가 그리고 싶은 것을 그려도 되는 걸까?'였다. 그리고 싶은 것을 그려도 될까라니, 이런 당연한 말이 뭘까 싶을 수도 있을지도 모르겠다.

앞에서도 말했다시피 지적이나 남의 시선에 매우 예민했다. 지금이야 내가 즐거운 게 우선이라 '내가 그리겠다는데, 뭐?'라고 생각하고 이야기하지만 작년까지만 해도 자존감은 바닥에 남에게 예민했으며, 내 실력에 대해 부정적인 생각으로만 가득했으니 말이다.

'이런 걸 그려도 될까, 혹은 이런 그림이 맞는 그림일까? 틀린 것은 아닐까? 또 지적을 받는 것은 아닐까? 실수하면 어떡하지? 하나 잘못 그었다가 다 망쳐버리면 어떡하지?'

날마다 이런 생각을 했다. 내가 그리고 싶은 그림보다는 남이 보고 싶은 그림을, 내가 좋아하는 표현기법보다는 남들이 좋아할 만한 단정하고 예쁜 표현을, 거친 선보다는 깔끔한 선을 찾아 그렸다. 그러니 언제나 그림을 그리려 해도 그려지지 않고 선이 그어지지 않았다. 계속 수정을 해야만 할 것 같았고 수정을 했음에도 마음에 들지 않으면 지워버렸다. 내가 좋아하는 것인데도 할 수 없을 것만 같았다. 뭔가 억울한데 남에게 말을 할 수도 없어서 혼자 끙끙 앓았다.

남들의 칭찬이나 비난은 내가 듣고자 해서 한 행위에 반드시 나타나는 결과가 아니다. 그러므로 남들의 말에 흔들리지 말고 오직 자신의 바른 도리에 따라 행동하라고 맹자는 말하고 있다. 나는 이 구절을 읽고 맹자가 본인의 행동에 확신을 가지라고 말하는 것 같았다. 확신을 가지고 다른 이의 칭찬이나 비난에 쉽게 흔들려 끌려가지 말라고 말하는 기분을 느꼈다.

이쯤 되어서 소개하고 싶은 것이 있다. 라이브드로잉이라는 것인데, 처음 듣는 사람이 있을 수도, 아는 사람이 있을 수도 있다. 이게 무엇이라면 밑그림 없이 즉석에서 그림을 그리는 기법인데, 이것을 처음 알고 나서 지금까지도 나는 가장 좋아하는 그림 기법이다.

라이브드로잉이 생소할 수도 있는 사람들을 위해서 조금 더 이해할 수 있는 예시를 들어주자면 김정기 작가가 유명하다. 여러분이 알고 있는 아이돌 중에는 위너의 송민호도 라이브드로잉을 도전해 본 사람 중 한 명이다. 마음만 먹으면 모두가 할 수 있는 예술이라는 것이다.

라이브드로잉에서 가장 중요한 것은 배경지식이다. 많은 자료들이 머릿속에 있어야 언제든 필요할 때 그 이미지를 꺼내 그릴 수 있다. 자료들을 저장하고 이미지화하는 것이 중요하다고 할 수 있겠다. 라이브드로잉을 위해서는 이미지화하는 것과 그리고 그 사물의 특징을 잡아내어야 한다. 그러므로 완전히 소화해 어떤 각도로든, 어떤 특징으로든 그것을 그릴 수 있도록 많이 연습하고 또 연습해야 한다.

김정기 작가가 말하길 라이브드로잉의 포인트는 세 가지 정도가 있다. 첫 번째로는 그리고 싶은 이미지를 머릿속에 시각화시키는 것이다. 이미지를 시각화하는 것은 그림을 그리는 것에 있어 중요하다. 어떻게 생긴 것인지, 어떤 구조로 생긴 것인지 확실한 모양을 잡아야 보다 빠르고 정확한 그림을 그릴 수 있기 때문이다.

두 번째로는 현장에 있는 듯이 상상을 하는 것이다. 상상력이 풍부하면 풍부할수록 더 많은 것을 표현할 수 있게 되기 때문이다. 현장에 있는 것처럼 상상함에 따라 상황표현력을 높일 수 있고 더 생생하고 재미있는 전달을 할 수 있다.

마지막으로 세 번째로는 관심과 관찰이다. 사람은 더 많이 관심을 가지고 관찰을 하는 것을 오래 기억하고 자세히 알게 되는 것이 당연하다. 관심과 관찰은 곧 첫 번째 포인트와 연결되어 이미지를 시각화하는 작업에도 도움을 준다.

밑그림 없이도 슥슥 거침없이 그리는 것을 처음 봤을 때 심장이 쿵쿵 뛰었던 그 기분을 아직도 생생히 기억한다. 망설임 없는 그 손길을 보고 있자니 무언가 해소되는 기분이 들었다. 저게 뭔지 보니 라이브드로잉이라는 것이란다. 밑그림도 없이 순식간에 그리고 싶은 것을 그려내는 것이라고. 동경스러웠다. 나도 닮고 싶었다. 나도 저리 끊임없이 손을 움직이고 내 움직임에 확신을 담고 싶었다. 실수를 해도 다음 움직임에서 무마하고 오히려 돋보이게 만드는, 그런 예술을 하고 싶었다.

라이브드로잉으로 자존감을 많이 회복했다. 처음에는 그저 막막하기만 했었다. 나는 할 수 없을 것만 같았다. 손을 어디로 뻗어 그려야 할지 감이 안 잡혔으며, 실수할까 봐 무서웠고, 삐끗하면 더 이상 이어갈 수가 없었다. 하지만 계속 그렸다. 어느 날은 실수를 해도 계속 그림을 이어나갈 수 있었고, 어느 날에는 삐끗해도 그 위를 더해

중학생 때 시도한 드로잉

나름 커버할 수 있었다. 가끔은 실수가 멋진 매력포인트를 만들어주거나 새로운 분위기를 선사해 주기도 했다.

지금은 웃으며 넘길 수 있었고 삐뚤한 것이 오히려 더 멋있는 것을 그릴 기회를 줄 때면 크게 웃으며 이것 보라며 주변에 알리기도 했다. 내 머릿속에 있는 것을 곧바로 이렇게 그리는 게 즐거울 줄은 몰랐다. 표현을 하는 것에 남의 칭찬을 들으려고 아득바득 힘쓸 필요가 없었고 비난에 마음 아파하고 신경 쓸 필요도 없었다. 굳이 비난하는 사람을 생각해야 할 필요도 없다. 비난하고 욕하는 사람은 어차피 다른 곳에서도 똑같이 행동할 것이다. 나는 그저 내가 좋아하는 그림을 계속 그려나가면 되는 것 뿐이었다.

　움직이는 것이 망설여진다면 여러분도 라이브드로잉을 시작해 보는 것은 어떤가? 내가 그랬던 것 처럼 곧 행동에 망설임이 없어지는 걸 여러분도 점점 느낄 수 있을지도 모른다.

3. 표현을 잘 하기 위한 준비

君子深造之以道, 欲其自得之也. 自得之, 則居之安. 居之安, 則資之深. 資之深, 則取之左右逢其原, 故君子欲其自得之也. (이루 하편 14)

"군자가 올바른 도로써 사물을 깊이 탐구해 들어가는 것은 스스로 체득하기 위해서이다. 스스로 체득하게 되면 사물을 대하는 것이 편안하게 된다. 사물을 대하는 것이 편안하게 되면, 그것에서 취해서 축적하는 것이 깊어진다. 취해서 축적하는 것이 깊어지면 자신의 가까운 곳에서 이치를 탐구하여도 그 근본적인 이치와 만나게 된다. 그러므로 군자는 스스로 체득하기를 바라는 것이다."

博學而詳說之, 將以反說約也. (이루 하편 15)

"폭넓게 배우고 자세하게 설명하는 까닭은 장차 핵심적인 요점을 말하는 것으로 되돌아오기 위해서이다."

표현을 잘 하기 위해서는 무엇이 필요할까? 이해하고 해석하는 것이 표현하는데 중요하다. 지금 내가 말하려고 하는 것은 여러분이 많고 다양한 인터넷 매체로 들은 것처럼 말이다. 시시하고 따분한 글로 읽힐지도 모른다. 이미 많이 들은 이야기일 수도 있다.

정보와 식견이 무슨 분야든 표현에 영향을 미친다. 무엇이든 알아야 표현을 하지 않겠는가. 자신이 표현하고자 하는 주제에 대해 어떤 것인지 파악을 하고 이해를 해야 칭찬을 하든 비판을 하든 표현을 해낼 수 있을 것이다.

정보가 표현을 더욱 잘 할 수 있는 예시로는 앞에서 다뤘던 라이브드로잉을 들 수도 있겠다. 라이브드로잉에서는 배경지식이 중요하다고 했던 걸 기억하는가? 식견은 그림을 그릴 기초를 마련해 주고, 정보는 내가 알고 있는 지식에 상상을 더할 힘을 준다.

영향력이 강하면서 가장 많은 정보와 식견이 나오는 곳은 경험이다. 직접 경험하면서 얻는 정보와 식견은 결코 무시할 수 없다. 경험을 통해 습득한 지식이나 감정, 느낀 그 모든 것은 결코 무시할 수 없다. 삶에 영향력을 아주 크게 미치게 된다. 당장 나만 해도 직접 보고 듣고 경험해야 가슴 깊숙이 와닿고, 그 사실을 믿게 된다. 무엇보다 경험을 함으로써 더 발전한 일을 할 수가 있다. 경험을 많이 하면 할수록 생각의 폭이 넓어질 수도 있다. 또 경험을 토대로 더 많고 빠른 표현을 할 수 있게 된다.

맹자는 학문의 방법에 관련해 스스로 체득하는 것이 중요하다고 말하고 있다. 또한 스스로 얻어야 모든 일에 대처할 수 있으며, 근본적인 이치를 알 수 있게 된다고 한다. 단순히 1차원적으로 받아들여서 해석하자면 맹자 또한 경험이 중요하다고 봤다고 할 수 있다. 스스로 체험하는 것만큼 그 사물에 대해 정확히 알 수 있는 방법이 없다는 것이다.

"다 널 위해서 하는 말이야. 내가 먼저 겪어본 일이니까, 내가 너보다 더 잘 알잖아."

"하지 마. 별로 이득이 될 일도 아닌데 굳이 왜 그걸 하려 하니?"

지금까지 이런 말을 많이 들어봤다. 하지만 들을 때마다 의문이 들곤 한다. 한 번 정도는 경험해도 나쁠 것 없지 않나? 느리더라도 이것 저것 경험하면서 스스로 체득하면 안되나? 저 말은 내게 괜히 반항심을 가지게 만들기도 했다. 나는 내가 멀리 돌아가는 길도 가보고 하면서 가장 적절한 길을 찾아가고 싶다. 그러다 보면 분명 내게 가장 적절한, 빠른 길을 찾을 수 있을 텐데. 실제로 하지 말라고 들었던 일이 나중 가서는 결국 도움이 되었던 적도 있었다.

　무엇보다 경험을 함으로써 더 생생한 표현을 할 수가 있다. 경험을 많이 하면 할수록 감정의 폭도 넓어질 수도 있다. 경험에서 나오는 배움은 글로 아는 지식과는 확연히 다르다. 경험을 토대로 더 많고 빠른 표현을 할 수 있게 된다. 그림을 그릴 때 강아지를 글로만 배운 사람과 실제로 보고 만진 사람과는 확연히 그림이 다를 것이다.

　폭 넓은 지식을 바탕으로 필요한 핵심을 꺼내올 수 있는 힘도 필요하다. 그리고 이건 결국 수많은 반복을 통해 점차 쉽고 빠르게 가능하다. 수학도 계산을 많이 하면 할수록 실력이 느는 것처럼 모든 학문이 그러하다. 미술 또한 마찬가지다. 많이 보고 그릴수록 실력이 는다. 사물이든 사람이든 관찰과 연습으로 이때까지 쌓은 경험을 잘 활용하고 꺼내와 원하는 것을 그려나가길 바란다.

이 글을 읽는 모두가 먼저 경험해 본 사람의 말에 너무 휘둘리지 말았으면 한다. 각자의 경험은 그 자체로도 소중하다. 혹은 남에게는 별 것이 아니었던 일이 당사자에게는 둘 도 없이 소중한 경험이 될 수도 있다. 그러므로 다들 할 수 있는 최대한 많은 경험을 하길 바란다. 그리고 스스로 체득하는 경험을 얻길 바란다.

3장. 이제 무엇을 표현해?

1. 끊임없는 상상, 끊임없는 창작

有爲者辟若掘井, 掘井九軔而不及泉, 猶爲棄井也. (진심 상편 29)

"인의를 지향해 노력하는 것은 비유하자면 우물을 파는 것과 같다. 우물을 아홉 길이나 되도록 팠더라도 물이 솟아나는 데까지 도달하지 못했으면 우물을 포기한 것이나 마찬가지이다."

창작을 하기 위해서는 정말 상상력이 중요하다. 그것도 수없이 많이, 꾸준하게 말이다. 잠깐 번뜩이는 상상력으로는 다음 창작을 할 수가 없다. 창작이라는 것은 정말 별것 없어 보여도 정말로 대단한 행위인 것이다,

그렇다고 막연히 상상력을 키우라고 하면 그건 또 어떻게 해야 할지 갈피를 못 잡는다.

창작은 마무리를 끝까지 짓는 것이 중요하다. 결과물이 있어야 그것을 진정으로 창작물이라 부를 수 있지, 나오지 않으면 그것은 결국 미완성작이다. 내가 얼마나 노력을 쏟아부었든 시간을 들여 공들였

든지 말이다.

인의를 향한 군자의 길처럼 창작의 길은 물이 솟아나는 길을 찾아
가는 인고의 과정일지도 모르겠다.

2. 지금을 바라보자

 予豈好辯哉? 予不得已也. 天下之生久矣, 一治一亂. (등문공 하편 9)
"내 어찌 논쟁하기를 좋아하겠느냐? 나는 어쩔 수 없어서 그렇게 하는 것이
다. 천하에 사람이 살아 온 것이 오래 되었는데 한 번 다스려지면 한 번 어지
러워지곤 했다."

맹자는 지금까지도 논쟁으로 참 유명하다. 고자와 있었던 논쟁은
교과서에도 실릴 만큼 많은 사람들에게 읽히고 있다. 그래서 맹자는

논쟁을 하는 것을 즐겼다고 생각하는 사람들도 많았다. 하지만 등문공 하에서 맹자는 제자에게 자신은 논쟁하기를 좋아하지 않는다고 말한다. 다만 '어쩔 수 없이' 하는 것이라고 말하며 사회에 대한 비판과 개선할 점을 연설하며 다녔다.

흉흉한 뉴스가 많다. 세상이 마냥 즐거운 일만 있는 것은 아니다. 머리를 싸매고 고민하며 생각해야 할 이야기들이나, 비판하고 고쳐나가야 할 것들이 한가득이다. 뉴스나 신문, 혹은 다양한 웹사이트들에도 다양한 시사 거리가 돌아다닌다. 그중 비판과 풍자를 주목해보려 한다. 비판과 풍자와 예술은 많은 관련이 있다.

맹자의 논쟁이 오늘날의 만평과 똑같다고 생각한다. 만평은 만화로 인물 혹은 사회를 비평하는 것인데, 이것은 맹자의 논쟁과 아주 유사하다. 맹자는 전국시대 때 나라를 돌아다니며 당시 사회를 비판하고 왕을 꾸짖고 제자들을 가르쳤다. 만평 또한 신문과 뉴스를 통해 사회를 돌아다니며 어떤 때는 나라를, 어떤 정치인들을, 어떤 때에는 사회 자체를 비판하기도 한다.

2020년 올해의 시사만화상 대상을 수상한 한겨레 신문의 권범철 작가 만평을 떠올려보았다. 코로나19를 다룬 만평인데, 전 세계적 전염병 확산으로 전대미문 위기를 가져온 코로나19 사태를 지구가 코로나라는 약을 받고 병상에서 일어나는 그림으로 그려, 색다른 시선으로 풀어냈다는 평을 받았다.

또 이 작품은 직격적 서술이 아닌 은유와 상징으로 표현되는 글과 그림의 병치로 우리 현실을 에둘러 말하는 시사만화 본질과 힘을 유감없이 발휘했다는 점도 '올해의 시사만화상'으로서 품격을 충분히 갖고 있다는 극찬을 받기도 했다. 코로나19사태로 사람들은 많은 피해와 고난을 겪고 있지만, 다른 시선으로 보았을 때 지구는 오히려 관광을 하던 많은 사람들이 버리는 쓰레기들이 없어진 덕분에 깨끗해졌다는 코로나의 역설을 풀고 있다.

이전까지는 코로나19로 인해 고통받는 소상인과 상업주들, 그리고 의료진들을 다룬 이야기들 뿐이었는데 이 만평을 보고는 지구에게는 코로나19가 백신이라는 느낌을 받아 놀랐다. 권범철 화백의 만평은 지금 사회에 관련해서 비판하는 것도 많지만, 이런 식으로 사람들에게 일침을 주는 그림도 필요하다는 걸 느끼게 만들었다.

멘붕스쿨, 최민, 2012.9.13., 민중의 소리

만평은 불합리하고 심각한 사회상을 그리기도 한다. 위의 만평은 내가 생각하기에 우리나라에서 가장 심각한 문제 중 하나를 다룬 만화이다. 바로 '자살'에 관련된 만평이다. 우리나라는 자살률 1위라는 그리 좋지 않은 타이틀을 지니고 있다.

위 만평은 그것에 관련하여 따끔하게 지적하고 있다. 청소년의 자살률은 현재도 계속 증가하고 있다. 과도한 입시 경쟁 교육에 학생들은 우울증에 시달리고 끝에서는 극단적인 선택까지 하게 되는데 자살예방에 대한 대책이 제대로 마련된 일이 없었기 때문이다. 지금은 사회에서도 자살 문제를 심각히 받아들이고 다양한 대책을 마련하고 예방교육을 실시한다. 전에는 자주 찾아볼 수 없던 자살 예방에 관련된 광고도 전보다 자주 나타나 사람들에게 경각심을 심어주고 상담 등 다양한 대책을 제시해 주기도 한다. 이런 사회 인식에 대해 가장 먼저 변화를 주는 것이 만평이라 생각한다.

여러분이 신문에 실린 시사만화나 만평을 지루하다고 생각하지 말고, 가끔은 진지하게 보고 해석을 하는 시간을 가졌으면 좋겠다. 자신이 불합리하다고, 이건 아니라고 생각하는 것이 무엇이 있는지. 그리고 자신이 가장 심각하게 보고 있는 사회 문제를 다룬 만평을 직접 그려보길 바란다. 건전한 비판을 하기 위해서, 아닌 것을 아니라고 표현하기 위해서.

3. 미래의 트렌드는 공존!

孔子登東山而小魯, 登太山而小天下。故觀於海者難為水, 遊於聖人之門
者難為言。觀水有術, 必觀其瀾。日月有明, 容光必照焉。流水之為物也,
不盈科不行, 君子之志於道也, 不成章不達. (진심 상편 24)

"공자께서 동산(東山)에 올라가 노나라를 작다고 여기셨고, 태산(泰山)에
올라가 천하를 작다고 여기셨다. 그러므로 바다를 본 사람의 경우 어지간한
강물은 그의 관심을 끌 수 없고, 성인(聖人)의 문하에서 배운 사람의 경우
어지간한 말은 그의 관심을 끌 수가 없다. 물을 보는 데는 방법이 있으니,
반드시 그 물결을 보아야 한다. 해와 달은 빛을 지니고 있어서 그 빛을 받아
들일 만한 곳이면 반드시 비춘다. 흐르는 물은 빈 웅덩이를 채우지 않고는 나
아가지 않는다. 군자가 도(道)를 추구함에 있어서도 일정한 성취를 이루지
않으면 통달한 경지에 이르지 못한다."

가끔 그런 상상을 한다. 앞으로는 어떤 예술이 유행할까? 예술은
유행에 민감하다. 유행을 따라가지 못하면 촌스럽다거나 뒤떨어진다
는 말을 듣기 십상이고 도태되고 만다. 그렇다고 또 유행에 휩쓸려서
뒤쫓는다면 그건 또 독창성이 떨어지고 작품의 매력이 없다. 그렇다
면 어떤 예술에서 유행은 어떤 의미이고 어떤 존재이며, 어떻게 받아
들여야 할까?

'유행'이란 행동이나 사상, 의상과 같은 양식이 일시적으로 사람의
주목을 받아 널리 퍼져 사회적으로 동조를 일으키는 것을 말한다. 유
행은 시대를 반영하고 현실을 직접적으로 드러내는 양식의 일종이라
할 수 있다. 즉 일시적으로 스쳐 지나가는 것으로, 단발성이다. 그
래서 일부 패션 제품이 아니면 예측하기 어려운 것이 유행이다. 일정

범위의 소지자들이 일정 기간 동안 동조하는 변화된 소비가치에 대한 열망으로 3~5년 정도 사람들이 많이 추종하는 것이라고 말할 수 있겠다.[*]

유행은 돌고 돌기도 한다. 복고라는 말이 괜히 있는 것은 아니었다. 흘러가버린 예 유행의 여러 요소가 살아나서 다시 유행하는 현상. 복고는 요즘에도 유행이었다. '응답하라 1994' 혹은 '슈가맨' 같은 TV 프로그램이나 '철수와 영희', '뉴트로' 같은 요소들이 다시 돌아와 사람들 사이 열풍을 불었다.

조금 더 나아가 '트렌드'에 관련해서 말을 해보려 한다. '트렌드'는 유행과 조금 다른 의미로 한 사회의 어느 시점에서 특정 생각, 표현 방식, 제품 등이 그 사회에 침투, 확산해 나가는 과정에 있는 상태를 말한다. 기존과는 구분되는 사람들의 생각이자 의식 등의 변화로, 지속성이 있는 것이다. 트렌드가 10년 동안 지속되면 메가 트렌드라고 말하고 30년 이상이 지속되면 이제 그것을 문화라고 부를 수 있게 된다고 한다.

유행과 트렌드의 가장 큰 차이는 우선 기간이다. 유행의 유통기한은 짧으면 3개월에서 1년이고 길어야 5년이다. 한때 유행했던 것들을 보면 달고나 라떼 같은 것들 말이다. 코로나 시대에 잠시 반짝 유행하며 온 카페에 달고나 라떼가 자리 잡았었지만 지금은 잘 보이지 않는다.

반면 트렌드는 5년에서 10년 이상 지속되고 시간이 지나면 문화로 자리 잡게 되기도 한다. 현재 트렌드로는 종이 빨대를 예로 들 수 있겠다. 종이 빨대처럼 지속적으로 적용되고 사회적으로 많은 사람들이 관심을 가지고 또 생각하는 것이다.

---

[*] http://agile.egloos.com/3111334

맹자는 이미 한없이 넓은 바다를 본 사람에게 강물을 보여주더라
도 그의 관심을 끌 수 없는 듯이 유학의 도를 알게 된 사람에게는 어
떠한 학설을 보여주더라도 관심을 끌지 못한다고 말한다. 해와 달이
모든 곳을 비추고 흐르는 물이 반드시 빈 웅덩이를 다 채우고 앞으로
나아가듯 점진적인 성취를 거쳐가야 한다. 유행 또한 마찬가지라고
생각한다. 한순간 관심을 끌어 유행하는 것은 그때 당시는 즐거울지
모르지만 시간이 흐른 뒤에는 큰 의미가 없어 더 이상의 관심을 끌
수 없다.

하지만 트렌드처럼 오래 관심을 끌 수 있고 점진적으로 발전해 나
갈 수 있는 것은 오래 살아남고 세계적으로도 도움이 될 수 있다. 요
새 트렌드의 키워드는 '에코'이다. 지구온난화가 심해짐에 따라 환경
친화적인 것이 떠오르고 있다. 종이 빨대만이 아니라 쌀로 만든 빨
대라던가, 친환경 포장재 등이 나오고 있다. 예술 쪽에서도 환경을
주제로 한 그림이 많다. '업사이클'이라고 불리우는 작업으로 버려진
소재를 사용하여 예술품을 만든다.

재활용 미술품 : 나무, 강철, 철사
및 쓰레기로 만든 젊은 여성이 우산을
들고 있는 모습

카헨지 파노라마, 짐 라인더스, 2017. 7. 9. 미국.
자동차 조각 작품으로 영국의 스톤헨지를 현대적으로 재현한 모습.

버려진 쓰레기를 재활용하여 만드는 예술을 '정크아트'라고 부른
다. 제인 퍼킨스는 버려진 단추 등의 쓰레기를 재활용하여 〈진주 귀

걸이를 한 소녀〉를 재창조했다. 스콧 건데슨은 와인 마개를 모아 작품을 만들었다. 이렇게 '업사이클'처럼 친환경을 생각한 그림이 많다. 키보드로 만든 광고라던가, 단추로 만든 벽화, 현수막으로 만든 가방, 인형, 옷 등. 친환경을 소재로 한 그림은 트렌드가 되었고, 점점 메가트렌드가 되어 언젠가는 문화가 될지도 모른다.

4장. 정말 꿈을 이루었다면?

1. 내가 그릴 미래!

故王之不王。不爲也。非不能也 (양혜왕 상편 7)
"왕께서 통일된 천하의 왕이 되지 못하는 것은 실은 하지 않기 때문이지 못해서가 아닙니다."

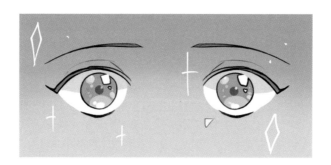

"내가 드디어 해냈구나! 맙소사, 이게 꿈이야, 생시야. 너무 좋아!"

그날은 아침부터 소리를 빽, 지를 수밖에 없었다. 그도 그럴 게 드디어, 그렇게 바라고 바라던 애니메이터가 되었는걸. 꿈만 같다. 그

전에 견뎌온 힘들었던 시간이 주마등처럼 한순간 지나간다. 아, 이 날을 정말 얼마만큼이나 기다려 왔던가!

신입 애니메이터는 정말 고된 일들이 많았다. 어떻게 하고 싶은 것은 많은데, 어떻게 애니메이션을 이끌어 가야 할지 몰라 이것저것 조사해야 할 것들이 많았다. 동화맨 일을 하면서 기획안을 짜는 건 힘들었다. 잠 잘 시간도 없이 계속 돌아가는 기계 같은 하루를 보냈다. 그렇게 짜낸 첫 시안을 보았을 땐 감격에 겨워 눈물을 찔끔 훔쳤던 것 같기도 하다.

내가 짜낸 시안의 제목은 'project: 뮤지컬'이었다. 중학생 때였나, 그때 처음 뮤지컬을 접했을 때의 감동을 지금도 잊지 못한다. 이야기 진행과 노래, 감정 그 무엇하나 몰입이 안되는 구간이 없었다. 나는 그 뮤지컬의 감동을 그대로 옮기고 싶었다.

시안에는 우선 유명하다는 뮤지컬을 다 찾아 넣었다. 어떤 스토리로 진행될지, 어떤 캐릭터가 있는지, 어떤 시스템으로 돌아갈지. 나는 뮤지컬의 감동을 그대로 가지고 오고 싶었기에 성우를 뮤지컬배우를 섭외하자는 기획 등을 세웠다.

그리고 이 시안을 처음 제출했을 때에는 물론, 떨어졌다. 당연했다. 조사가 부족했다. 저작권의 문제도 있었으며, 장기 프로젝트가 될 경우의 예산 조사, 사람들의 선호도 조사 등의 문제의 해결방안을 제시하지 못했다. 처음부터 잘 되지 않을 걸 알고는 있었다. 그래도 처음치고는 괜찮았을 거라며 수정할 부분을 찾아보고 두 번, 세 번, 네 번…. 수정하고 제출하고 또 다시 수정하고를 반복했다.

이제 정말 마지막이라 생각한 기획안. 저번에 지적을 받았던 조사 부족과 저작권 문제, 성우 캐스팅까지 오랫동안 고민한 해결방안들을 말했다. 더 이상은 어떻게 손을 쓸 수가 없을, 이번이 정말 마지막일 기획안을 들고 내 생각을 모두 쏟아부었다. 소개가 끝난 후 슬쩍, 감독님의 얼굴을 바라보았다. 표정이 나쁘지 않았다. 설마, 드디어? 슬쩍 기대와 희망이 스멀스멀 피어올랐다.

"나쁘지 않네. 재미도 있고. 그럼 이대로 진행해 볼래요? 나영씨 기획안이니까 아까 소개해 줬던 해결안 가지고 이끌어보세요. 첫 프로젝트죠? 기획안 짜느라 수고했습니다. 앞으로 더 수고 많을 테지만 힘내서 해봐요."

하마터면 그 자리에서 애니메이터가 되었던 그날처럼 소리를 지를 뻔했다. 그만큼 감동스러웠다는 말이다. 솔직히 이런 큰일을 나에게 허가해 준다니. 드디어 내 노력의 결과가 빛을 보는구나! 이를 위해 마신 커피가 몇 잔이며 밤을 샌 날이 며칠이던가. 드디어 내 비전을 실행할 수 있게 되었다. 그 기회가 내 손 끝에 닿기 시작했다.

"감사합니다! 열심히 하겠습니다! 정말요! 기회주셔서 정말, 정말 감사합니다!"

역시 무슨 일이든 하고자 하면 가능하구나. 꿈은 이루어진다! 역시 사람은 꿈을 꾸고 살아야 해! 속으로 정신없이 기쁨을 만끽하며 감사 인사를 하고 뛰어나갈 듯이 자리에 돌아왔다. 이제부터 할 일이 아주 많을 터였다. 지금부터는 시간을 허투루 쓸 시간은 단 1초도 없다. 이 프로젝트의 기획을 내가 짜는 영광을 받았으니 정말 내 최선을 다 쏟아부어야 한다. 아, 일단 그 전에 일을 멋지게 해치우기 위한 기쁨의 커피를 한 잔 음미한 뒤에 말이다. 오늘따라 커피가 달게 느껴지는 건 기분 탓일까.

기획안이 통과되고 난 후는 정말 바빴다. 프로젝트를 도와줄 사람과 뮤지컬배우를 섭외하기 위해 전화는 끊임없이 계속되었으며 저작권의 동의를 얻기 위해 작가와의 이메일은 쉴 시간 없이 돌았다. 그 외에도 영상물의 연출과 뮤지컬의 연출의 차이를 줄이기 위해 뮤지컬의 연출팀과 여러번 회의를 가지기도 하고, 그 외 애니메이션과 뮤지컬의 차이를 줄이기 위해 여러번 연락이 오고 갔다. 처음 하는 일이라 꼬이는 상황은 태반이었고 도움이 필요한 상황은 말하기도 아플 정도로 많았다. 아직도 이때 생각을 하면 정신이 아찔하다.

잠시도 쉴 시간이 없이 바쁘게 매일이 돌아갔다. 그러다 지칠 때가 되면 고등학생일 적에 읽었던 맹자를 떠올렸다. 못 하는 것이 아니라

안 하는 것이다. 나는 할 수 있다. 못 해 먹겠다, 생각이 들 때쯤 다시 내 손에 힘을 주던 구절이었다. 태산을 짊어지고 바다를 건너는 그런 일은 정말 터무니 없는, '할 수 없는 일'이지만 내가 바라고 하려는 일은 사실은 안 할 뿐이지, 내가 정말 '할 수 있는 일'이라고 말해 주고 있었기 때문이다. 이 프로젝트는 맹자가 보기엔 '내가 할 수 있는 일'이었다.

"맹자 선생님은 거짓말쟁이야…. 아무것도 못 하겠다구요. 정말 내가 할 수 있는 일이 맞는 걸까…?"

"이것도 해야 하고, 이것도…. 이것도 연락드려야 하네?! 으악, 뭐가 이리 할 일이 많아! 원화도 작성하고, 배우님과 성우님 만나서 녹음 준비해야 하는데. 어흐흑, 몸이 세 개쯤 되면 좋겠다….”

내가 할 수 있는 일이라고 했던가? 다 취소하고 싶다고 말하고 싶은 기분이 들었다. 하나뿐인 몸이 하기엔 일의 양이 많았다. 경험이 적은 애니메이터가 하기에는. 상상을 하긴 했지만 이건 그 이상이었다. 프로젝트가 이렇게 일이 많은 일이었을 줄이야! 일을 시작한 걸 후회하진 않지만 그렇다고 힘이 들지 않은 건 아니었다. 너무 피곤하고, 피곤하고, 또 피곤했다. 정말 몸이 세 개쯤 되어 하나는 그림을 그리고, 다른 하나는 회의에 필요한 연락을 하고, 남은 몸 하나는 쉬었으면 좋겠다는 생각이 들었다.

'다 각오하고 시작했던 일이잖아. 이렇게 불평만 하고 있을 시간은 없는데. 이럴 시간에 몸을, 손을 움직여야지. 뭘 하고 있는 거야?'
　기획안을 통과 받았을 때의 가슴의 두근거림은 잊혀진 지 오래였다. 쉼 없이 달리다 잠시 쉴 시간이 나면 생각이 복잡해졌다. 최고를 하지는 못해도 최선을 다하기로 다짐했었는데. 시간이 길어지자 최선을 다하는 일도 힘들었다. 한숨만 푹푹 났다. 하고 싶은 일을 하는데도 이렇게 힘이 들 줄이야. 이게 정말 잘 한 일인가, 하고 생각이 들 때마다 회의감이 들었다. 내가 하고 싶었던 일을 하는데 자꾸 불평만 하고 있으니. 의욕만 앞서던 전보다는 꿈을 이루고 있는 지금이

나았지만, 자꾸만 내 능력에 의심이 들기 시작했다. '내 꿈을 이루고 있잖아! 힘을 내야지!' 하고 일어서려 해도 다시 달리기 시작하면 바쁜 생활에 기운은 저 아래로 고꾸라졌다.

'나는 지금 뭘 하고 있는 거지. 내가 너무 큰 걸 바라고 있었나 봐. 내가 하기엔 벅찬 일이었던 거지….'

그날은 정말 피곤함이 극에 달한 날이었다. 잦은 실수도 많았다. 커피를 책상에 엎은 것을 시작으로 그림 파일을 날려 먹고, 다시 그리기 시작한 그림은 그려지지도 않은 데에다가, 상사에게 꾸지람을 듣기도 했다. 너무 우울해져 눈물이 찔끔 났다. 나도 잘 하고 싶은데, 생각과 달리 지친 몸은 따라주지 않았다.

"하지 않는 것일 뿐, 못 하는 것이 아니다. 못 하는 일이 아니다. 그래, 못 하는 일이 아닐 텐데."

힘들 때면 떠올리던 구절을 다시금 머릿속에 되새겼다. 내가 못 하는 일 같지만 실은 할 수 있는 일이라고, 할 수 있는 일이라고 내게

힘을 주던 그 구절. 고등학교 때, 그리고 그 후로도 몇 번이고 끊임
없이 떠올리던 그 구절을. 때로는 위로를, 때로는 해결책을, 조언을
해주던 맹자의 그 말을. 떠올리며 다시금 내가 해왔던 순간을 기억하
며 다시 한번 그 말을 신뢰하기로 했다. 나는 이 일을, 내 꿈을 이룰
수 있다고. 불가능한 일이 아니라고. 신기하게도 이 말은 또다시 내
게 위로가 되어 도약할 힘을 주었다.

복잡한 생각을 정리하기 위해 우선 해야 할 일들을 다시 정리하고 실
수들을 수습하고 다시 내가 바라던 꿈을 그리기 시작했다. 내가 보고
느꼈던 그 감동을, 감정을 고스란히 전해 주기 위해. 그 거대하고 아
름다운 이야기의 전율을 모두가 보고 듣기를 바라며. 손을 움직였다.
즐거웠다. 다시 꿈을 처음 품었던 그 순간의 그 두근거림이 느껴졌다.
　'그래, 이거지. 이대로 가면 되는 거야. 나는 할 수 있어!'
　맹자가 말했듯, 나는 할 수 있는 사람이었다. 다시 즐거움을 안고
믿으며 그려나가자 잦았던 실수는 줄어들었고 일의 속도는 빨라졌

다. 언제나와 같은 바쁜 일상이었지만 그 속에서 품고 있던 마음가
짐, 감정은 달라졌었다. 불평이 아니라 긍정적으로 생각하며 성과를
내기 시작했다. 매력적인 그림을 그리면서, 내가 하고 싶었던 일을
하면서 말이다.

　드디어! 정말 드디어, 이때까지 하던 일의 첫 성과가 나왔다. 작
성하고 지우고 수정하고를 무수히 많이 반복하여 짜여진 시놉시스를
바탕으로 애니메이션 'project:뮤지컬' 명성황후 편의 마무리가 되어
갔고, 그를 바탕으로 티저가 만들어졌다. 드디어 긴 프로젝트의 작
은 하나의 끝에 다다랐다. 이 작은 끝을 지나면 다시 새로운 시작을
해야겠지만 그건 후에 다시 생각할 일이었다. 지금은 작은 끝에 도달
했다는 것 자체가 정말 기뻤다.

　티저의 반응을 볼 때에는 정말 심장이 터지는 줄 알았다. 다같이
함께 일을 하던 팀원과 손을 부여잡고 덜덜 떠는 손으로 댓글을 확인
했다. 그리고 반응은, 나쁘지 않았다. 애니메이션이 나오기를 기대
하며 기다리고 있겠다는 글을 읽었을 때에는 눈물마저 펑펑 쏟아냈
다. 다들 수고했다고, 앞으로도 우리 더 힘내자며 서로를 부둥켜 안

고 행복한 눈물을 흘리며 웃었다.

'맹자 선생님! 선생님은 틀리지 않았어요! 저번에 불평했던 건 다 취소에요! 다 맞는 말이었어요. 역시 진실함은 통한다더니! 성실하게 살길 잘 했나 봐요. 이 꿈을 꾸길 잘 했어. 할 수 있다고 해줘서 고마워요. 아, 정말, 감사합니다. 앞으로 더 열심히 살게요.'

아직 갈 길이 한참 먼 초보 애니메이터지만, 할 수 있는 일을 바라던 일을 조금씩 이루어 가고 있다. 다들 커다란 꿈을 하나씩 가슴에 품고 살고 있을 것이다. 다들, 그 꿈 이룰 수 있을 거라 나는 말해 주고 싶다. 내가 내 꿈을 이룰 수 있었던 것처럼, 믿었던 것처럼! 믿는다면, 그리고 꾸준히 노력만 한다면 그 꿈은 언젠가 보답하듯 돌아와 이루어질 것이다. 부디 그 꿈을 못 하는 일이라고 포기하는 일만은 없길 바란다.

아직은 부족하지만 오늘도 '할 수 있다.'며 되뇌이며 꿈을 끝까지 다 이루는 그날까지 정진하려 한다. 감동을 그릴 수 있는 애니메이터가 되기 위해서!

좌충우돌 PD 일기

김은송

about 김은송

동문고등학교 2학년 재학 중. 신문방송학과 지망. 하고 싶은 것도, 되고 싶은 것도 많은 그저 그런 평범한 고등학생. 선생님의 제안으로 시작한 책 쓰기⋯ 우여곡절도 많았지만, 어쩌면 더 있을지도 모르지만 아직까지 제가 글을 쓰고 있어서 다행입니다. 예쁘게 봐 주십시오.

1장. PD 일기를 시작하며

1. PD라는 직업이 왜 매력적일까

어린 시절, 나는 TV를 많이 보는 어린이였다. 평일 6시에는 항상 E 방송사의 '보니하니'라는 프로그램을 보았다. 시간이 남는 날에는 '투니버스'에서 하는 '짱구는 못말려', '안녕, 자두야'와 같은 애니메이션을 시청했다. 일요일에는 '동물농장', '서프라이즈', '개그콘서트'까지 하루 종일 TV를 보고 있었다고 해도 과언이 아니었다.

PD라는 직업이 존재한다는 것을 처음 알게 된 건 어릴 적 유행하던 예능 프로그램인 '1박 2일'을 보고 나서였다. 무언가를 꿈꾸기에는 아주 어린 나이였기에 그냥 저런 직업도 있구나 하고 넘겼다. 그 프로그램을 볼 때면 항상 PD가 출연했다. 알 사람은 알겠지만, 그 PD는 나영석 PD이다. 나영석 PD를 계기로 나의 관심사에 방송 분야가 자연스럽게 추가되었다.

PD라는 직업에 대해 궁금해서 찾아보았는지, 자연스럽게 알게 되었는지는 기억이 나질 않는다. 확실한 건, 내가 어느 순간부터 방송국에서 일해 보고 싶다는 생각을 가지게 되었다는 것이다.

1박 2일 우리끼리 산골여행 편 영상 캡처

'방송국에서 일하면 연예인을 많이 볼 수 있을까?'

'방송국에서 일하면 저렇게 매일 놀러 다니면서 일할 수 있을까?'

철없는 생각을 하면서.

이 생각을 가지게 된 당시에도 그렇게 깊게 진로에 대해 고민해 봐야겠다는 생각을 하지 않았다. 단순히 재미있어 보인다는 이유로 들어갔던 중학교 방송부 동아리에서는 아침, 점심 방송마다 내 목소리가 전교에 방송된다는 그 엄청난 부담을 안고 마이크를 잡았다. 방송 메커니즘에 대한 기본적인 이해를 하는 과정이었다. 시기가 맞물려 내 인생의 절반을 함께해 오던 피아노와도 작별했다. 내 예상처럼 방송부 일은 재미있었다. 하지만 방송부 활동은 1년이 채 되지 못하고 그만두게 되었다.

가장 큰 이유는 선생님과의 불화였다. 나이가 지긋하신 분이셨다. 확실히 입장 차이가 느껴졌다. 아침에는 늘 고전 클래식과 같은 잔잔한 노래를 틀기를 지시하셨다. 아침부터 활기차고 비트가 빠른 음악을 틀면 학생들의 분위기가 들뜬다는 이유였다. 나는 아침부터 활기차고 신나는 노래를 틀어야 학생들도 힘이 난다는 입장이었다. 어느 순간, 방송실에만 들어가면 음악 수행평가 때문에나 들을 법한 클래식을 찾고 있는 나를 발견했다. 괴리감이 느껴졌다. 아무도 듣지 않는 교내 방송을 이렇게까지 악을 쓰고 열심히 할 이유가 없었다. 선생님 입장은 여전히 완고했다.

결국 입장 차이를 이겨내지 못한 나는 동아리를 옮기게 되었다. 여전히 아침에 죽상으로 등교하는 친구들 얼굴을 보고서 아침을 활기차게 시작할 수 있는 신나는 노래를 틀고 싶었고, 그날마다의 화젯거리를 대본 내용으로 삼아 친구들의 반응을 얻고 싶었다. '내가 하면 잘할 수 있을 텐데….' 하는 마음과 함께.

시간이 지나 고등학교에 진학할 나이가 되었을 때, 나는 고등학교 발표가 나기 전부터 방송부에 들어가야겠다고 마음 먹었다. 아는 언니의 권유가 있었다. 중학교 때 못 해본 나의 방송을 해보고 싶기도 했다. 코로나 때문에 대면 면접은 보지 못하고 줌으로 면접을 진행했다.

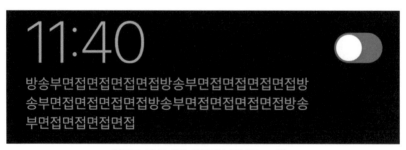

아직도 내 휴대폰 알람에 남아 있는 기록.

11시 50분에 면접 시작이었다. 늦으면 정말 큰일이었다. 10분 전부터 알람을 맞춰 두었다. 손이 벌벌 떨렸다. 17년, 아니 만으로 15년 인생 중 열 손가락 안에 들 정도였다. 지금 생각해 보면 마냥 귀엽기만 한 일이다. 그때는 왜 그렇게 떨렸을까.

질문도 생각보다 많지 않고, 어렵지 않았다. 이제 막 중학교를 졸업한 청소년들에게 물어 무엇할까. 선배들이 많이 배려해 주셨던 것 같다. 대부분이 공통 질문이었다. '방송부에 왜 지원했어요?', '만약 ~한다면 어떻게 대처하실 거예요?' 같은 전형적인 방송부 질문들. 간절했다. 대답에서도 은근히 내 간절함이 묻어났을지 모른다. 보이지도 않는 화면에 대고 눈을 감았다. (방송부에 뼈를 묻게 해주세요.)

내 간절한 기도를 들어주신 걸까. 결과는 합격. /관계자 외 출입금지/라고 적힌 방송실에 처음 발을 들였을 때의 느낌을 아직도 잊지 못한다.

'이제 내가 정말 방송부원이구나.', '내가 진짜 그 '관계자'구나.'

방송부에 들어가고 나서도 진로에 대한 고민은 끊이지 않았다. 1학년 초반에는 진로에 대한 고민이 무지하게 많았다. 하고 싶은 것도 많고, 좋아하는 것도 많았기 때문이다. 그럼에도 불구하고 진로를 정하고, 여전히 확고한 이유는 그때의 짜릿함과 흥미로움이 내재하기 때문일 것이다.

2. PD가 맹자랑 무슨 연관이 있다고

'PD 저널리즘*'은 언론학상의 용어는 아니지만, PD 사회에선 자신들의 취재 · 보도 행위를 통상적으로 'PD 저널리즘'이라고 부르고 있기 때문에 기자들의 행위와 구분하기 위해 편의상 이 표현을 쓰기로 한다. 특히 사회고발 프로그램인 KBS '추적60분'과 MBC 'PD수첩' 등에서 두각을 나타내고 있으며, 이런 'PD 저널리즘'의 성과들은 기자들과 다른 영역에서 사회적 진실을 밝히고 있다는 점에서 주목을 끌고 있다.

PD 저널리즘에 대한 평가는 분분하다. 기자와는 다른 영역에서 사회 이슈를 보도한다는 점에서 분리된다. 60분 혹은 그 이상의 시간을 PD 자신이 보도하려는 이슈에 관해서 채워야 한다. 10줄에서 15줄 정도의 분량으로 보도하는 기자와 달리 주관성의 개입이 허락되는 것이 차이점이다.

순천향대 신문방송학과 손병우 교수는 'PD 저널리즘'의 특성을 "PD들의 사회고발 프로그램은 대부분 시민의 관점, 약자의 관점에서 있기 때문에, 기자들이 출입처 중심의 취재로 인해 이 사회의 결

---

* http://www.mediatoday.co.kr/news/articleView.html?idxno=4000

정권자, 즉 강자에게 초점을 맞추는 데 반해 PD들은 결정권자의 결정으로 인해 영향받는 사람들에 초점을 맞추는 경향이 있다.”라고 이야기했다. 그렇기에 PD 저널리즘을 긍정적으로 평가하는 사람들은 고전적인 기사 언론에서 벗어나 새로운 형식의 PD 저널리즘을 확대하자는 의견을 내기도 한다.

반면에 PD 저널리즘을 부정적으로 바라보는 시선도 적지 않다. 최근 들어 PD 저널리즘이 문제점을 드러낸 사례가 많았기 때문이다. 대표적으로 벌집 아이스크림 사건이 있다. 초등학생 때의 일이었다. 번화가에 있는 백화점 지하에 가면 벌집 아이스크림을 파는 곳이 있었다. 처음 벌집 아이스크림을 먹어 보고 신선한 충격에 빠졌다. 맛 표현에 능숙하지 않지만… 부드러운 아이스크림과 쫀득쫀득한 벌집의 조화는 아직 아기 입맛인 나의 취향을 저격할 수 있었다. 하지만 벌집 아이스크림 가게는 어느 순간 쥐도 새도 모르게 사라졌다. 왜지. 왜지. 속으로 되뇌이다가 그렇게 점점 잊어갔다. 중학교에 진학하고 벌집 아이스크림의 존재를 거의 잊어갈 때쯤 그 사건에 대해 알게 되었다.

2014년 5월 16일. '먹거리 X파일'이라는 프로그램에서 아이스크림에 벌집이 통으로 올라가는 '천연 벌집 아이스크림'에 들어가는 벌집의 재료가 석유로 만드는 파라핀이라고 방송했다.

파라핀은 석유에서 얻어지는 밀랍 형태의 희고 냄새가 없는 반투명 고체이다. 중유로부터 윤활유를 뽑고 난 나머지를 냉각시켜서 만든다. 양초, 절연 재료, 크레용의 원료 등으로 사용된다. 석랍(石蠟) · 파라핀납이라고도 한다.*

방송에서는 가게에서 사용하는 벌집 토핑의 딱딱한 부분이 벌들이

---

* 위키백과

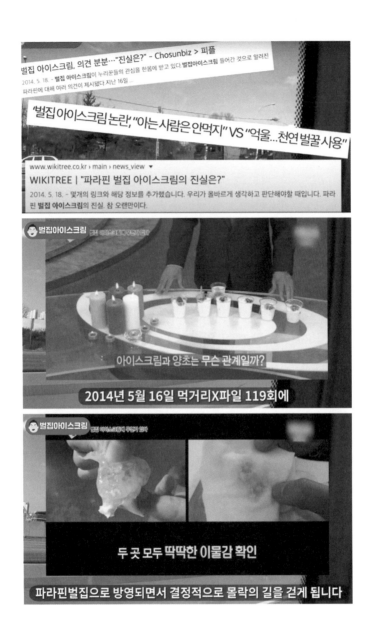

벌집아이스크림, 의견 분분…"진실은?" - Chosunbiz > 피플
2014. 5. 18. - 벌집 아이스크림이 누리꾼들의 관심을 한몸에 받고 있다 벌집아이스크림 들어간 것으로 알려진
파라핀에 대해 여러 의견이 제시됐다 지난 16일 …

'벌집 아이스크림 논란, "아는 사람은 안먹지" VS "억울…천연 벌꿀 사용"

www.wikitree.co.kr › main › news_view ▾
WIKITREE | "파라핀 벌집 아이스크림의 진실은?"
2014. 5. 18. - 몇개의 링크와 해당 정보를 추가했습니다. 우리가 올바르게 생각하고 판단해야할 때입니다. 파라
핀 벌집 아이스크림의 진실. 참 오랜만이다.

벌집아이스크림

아이스크림과 양초는 무슨 관계일까?

2014년 5월 16일 먹거리X파일 119회에

벌집아이스크림

두 곳 모두 딱딱한 이물감 확인

파라핀벌집으로 방영되면서 결정적으로 몰락의 길을 걷게 됩니다

벌집을 지을 수 있게 하는 판인 소초이며, 이 소초에서 검출된 파라 핀이라는 성분이 양초의 주성분과 일치한다고 주장했다. 이러한 파

116

라핀을 섭취하게 되면 복통이나 설사 등 소화기관에 질병을 유발하며 기억력 감퇴 등의 부작용을 일으키기도 하는 것으로 알려져 있다. 당시 파라핀 문제로 벌집 아이스크림 가게는 대부분이 문을 닫을 정도로 파급력이 엄청났다. 섣불리 판단할 수 없지만, 시기를 고려한다면 처음 먹었던 백화점 지하의 벌집 아이스크림 가게도 아마 그중 하나였을 것이다.

하지만 점주들 측이 이는 거짓말이라고 대응하였다. 본사 측에서도 법적 대응을 준비 중이라고 밝혔다. 벌집 문서에도 기록된 내용이다. 그곳에 들어가는 파라핀은 양초에 들어가는 파라핀과 다른 것으로 종이컵 등에 방수 목적으로 발라지는 것이다. 또한 우리가 복용하는 캡슐약의 캡슐 부분에도 발려 있다. 즉, 식용 파라핀이다. 애초에 벌집 아이스크림이 이슈가 되기 전부터 널리 퍼져 있었다. 더하여 벌집 아이스크림에 들어가는 벌집은 전체를 파라핀으로 만드는 것도 아니고 양봉 초기에 꿀벌들이 들어갈 만한 작은 부분만 파라핀으로 만들고 나머지를 꿀벌들 스스로 짓게 하여 완성하는 형식이니 천연 벌집이라는 표현이 아주 틀린 말도 아니다.

꿀벌들이 벌집을 만들기 위해서는 양봉 초기에 꿀벌들이 들어갈 작은 부분을 식용 파라핀으로 만들어 준다거나, 꿀을 따 모으기 전까지 꿀벌들이 먹을 설탕물을 공급하지 않고서는 현대의 양봉업이 성립 불가능하다. 이것조차 하지 말라고 하는 것은 그냥 양봉을 하지 말라는 소리나 다름없다. 무엇보다 벌집을 공업용 파라핀으로 만들었다가는 꿀벌들이 꿀을 모으기도 전에 그 독성으로 인해 죽고 만다.*

---

* 위키백과

好名之人, 能讓千乘之國, 구非其人, 簞食豆이見於色. (진심 하편 11)

"명예를 좋아하는 사람은 천승의 나라라도 사양할 수 있지만, 그가 진정 부귀를 가볍게 여기는 사람이 아니라면 밥 한 그릇과 국 한 사발에서도 본색이 낯빛으로 드러난다."

진정으로 부귀를 초개같이 여기는 사람이 아닐 경우 명예를 얻기 위한 의도로 천승의 나라를 사양할 수는 있지만, 오히려 작은 이익이 달린 것에서조차도 자신의 본색을 드러내게 된다는 말이다.

맹자 구절에서의 요점은 부귀를 가볍게 여겨야 한다는 것이다. 겉치레로서 정의로운 일을 하는 척, 본분을 충실히 지키는 척. 물론 자본주의 사회에서 부귀를 가볍게 여기기란 쉽지 않다는 것을 안다. 내가 하고 싶은 말은 인과 예를 지키고, 덕을 쌓으며 성인군자로의 삶을 살아가라는 것이 아니다. 다만 자신이 그 지위를 얻고 시간이 많이 흐른 후에 하고 있는 행동들이 과거의 초심에게 떳떳할 수 있는지 생각해 보았으면 한다.

위의 사례들은 PD와 관련한 사례들을 삽입했지만, 나는 오히려 고등학교 생활 동안 생활기록부 기재를 위해 가짜 뉴스와 기자들의 소위 '어그로성' 기사에 관한 조사를 많이 해보았다. 독자와 시청자의 관심을 끌기 위해 극단적인 내용으로 구성을 짜거나 제목을 짓는 등의 언론의 이름에 먹칠을 하는 행동을 하는 언론인들(PD, 기자 등)에게 이 메시지를 바친다. 명예와 권력과 돈에 눈이 멀어 그것들을 좇다가는 남들에게는 물론 자신에게까지 떳떳하지 못하고 부끄러운 사람으로 남게 될 것이다.

仲尼不爲己甚者. (이루 하편 10)

"공자께서는 너무 지나친 것은 하지 않으신 분이다."

누군가는 사탕을 좋아해 지나치게 사탕을 먹을 수도 있다. 또 누군가는 수면욕을 채우기 위해 극단적인 수면 패턴을 유지하고 있을 수도 있다. 사탕을 지나치게 먹는다면 결국 이에 문제가 생겨 치과를 가야 하는 상황이 발생한다. 수면욕을 위해 극단적인 수면 패턴을 유지하다 보면 체내 필수 성분의 결핍 등으로 인해 문제가 발생한다. 위에서도 언급했다시피 현대 언론인들은 개인적인 이익 추구에 눈이 멀어 침해되는 공익까지는 생각하지 않는다. 즉, 명예욕, 권력욕을 지나치게 추구해 공공의 이익을 해하는 결과를 낳았다. 식욕이든, 수면욕이든, 권력욕이든, 어떤 무엇이든지 간에 지나치게 추구하게 되면 좋지 못한 결과를 불러올 것이라는 것을 공자와 맹자는 알고 있었다.

과도한 사익 추구의 문제점을 PD라는 직업 내에서 찾아보았다. 단편적인 사례이지만 소개하고자 했던 PD 저널리즘의 단점을 가장 잘 보여 줄 수 있는 사례이기도 하다. 대중에게 공개된 직업인 만큼 그에 맞는 사명감도 가져야 한다고 생각한다.

이렇듯 잠깐만 들여다보아도 방송인(언론인)으로서 가져야 할 자질들과 맹자의 이야기는 깊게 연관되어 있다. 맹자께서는 이미 PD로서 가져야 할 자질들을 맹자 책에 적어 놓으셨다. 나는 이 책에서 보다 자세히 PD가 가져야 할 자질에 대해서 맹자와 함께 이야기해 보고자 한다.

2장. PD가 되려면

1. 통찰력이 필요하다

통찰 洞察 [통:찰]

1. 예리한 관찰력으로 사물을 꿰뚫어 봄.

2. 새로운 사태에 직면하여 장면의 의미를 재조직화함으로써 갑작스
럽게 문제를 해결함. 또는 그런 과정.

'迨天之未陰雨, 徹彼桑土, 綢繆牖戶. 今此下民, 或敢侮予?' 孔子曰: '爲
此詩者, 其知道乎!' 能治其國家, 誰敢侮之(공손추 상편 4)

<시경>에서 '하늘이 흐리고 비 내리기 전에 뽕나무 뿌리 껍질을 벗겨서 창과
문을 단단히 얽어매니, 이제 저 아래의 사람들이 혹시라도 나를 업신여길 수
있겠는가'라고 했다. 공자께서는 '이 시를 지은 사람은 정치의 도리를 알았
구나. 국가를 잘 다스릴 수 있다면 누가 감히 업신여기겠는가?'라고 했다.*

---

* 나무 위에 사는 작은 새를 내세워 비바람 치는 때가 오기 전에 미리 둥지를 수리함으로써 화를 면하듯, 국가
의 환란을 미연에 방지할 것을 이야기하는 시이다.

나라 안이 잘 다스려지지 못하는 것은 왕의 책임이다. 국가의 환란을 미연에 방지하지 못해 국가가 큰 화를 입게 된 것이다. 동아리에서는 어떨까. 부장의 입장에서 이야기하면, 동아리에서의 문제는 1차적으로 제대로 살피지 못한 부장의 책임이 맞다. 맹자께서 말씀하신 것처럼 문제를 미연에 방지할 수 있도록 해야 한다. 그러기 위해서는 통찰력이 필요하다고 생각했다.

나는 동아리 부장이 되기 위해 반의 실장도 포기했다. (솔직히 말하면 되기 위해 포기한 건 아니고 자신이 없었다) 부장이 아니면 더 이상 물러설 곳이 없었다. 정말 더 솔직히 말하면 대학을 가야 한다. 대학을 가기 위해서는 생활기록부를 알차게 채워야 한다. 동아리 활동에서 가장 의미 있게 채울 수 있는 것이 부장이 되는 것이었다.

정말 정말 빠르게 일이 진행되었다. (우리 학교는 거의 매주 수요일 오후에는 2교시 동안 동아리 시간을 가진다) 수요일 동아리 시간이 되자마자 2학년 부장 선배가 1학년 부장을 뽑을 거라고 선포를 하시고는 지원자를 받았다. 원래도 생각이 있어서 바로 손을 들었지만 의외로 경쟁자가 많았다. 선배들은 이거밖에 안되냐며 조금이라도 생각 있는 친구는 손을 들라고 부추겼다.

결국 마지막에는 5명까지 늘었다. 반에 실장 뽑는 것보다 경쟁률이 더 높았다. 순간적으로 느꼈다. 아, 난 망했구나. 실장 경쟁률이 높아 부장을 선택했는데, 부장 경쟁률이 더 높다면…? 난 이제 더 물러날 곳도 없는데.

순서가 정해졌다. 너무 긴장해서 순서가 기억도 안 난다. 무슨 말을 했는지도 기억이 잘 안 난다. 그래도 확실히 기억나는 게 딱 한 개가 있다. 투표는 방송부 단체 채팅방을 통해서 익명으로 두 번 이루어졌고, 결과부터 말하자면 내가 부장이 되었다.

첫 번째 투표에는 부장으로 지원한 친구들이 모두 투표 대상이었다. 치열한 접전 끝에 나랑 다른 친구 한 명이 동점 결과가 나와 재투표를 하게 되었다. 재투표도 빠르게 진행되었다. 첫 투표에서는 초반에 내가 우세를 보였지만, 후반으로 갈수록 친구가 치고 나왔다. 불안해진 나는 뭐라도 해야겠다 싶어서 냅다 질렀다.

"선배님, 저 죄송한데 한마디만 더 해도 될까요?"

"저 이거 아니면 진짜 안 돼요. 너무 간절한데 한 번만 도와주세요. 정말 잘할 자신 있습니다."

연설 때보다 더 떨며 말했던 기억이 아직도 생생하다. 연설 내용은 제대로 기억도 안 나지만 이것만은 뚜렷이 기억하는 걸 보면 내 인생에 엄청난 도전이자 변화였던 것 같다. 추가로 붙였던 내 간절함 때문일까. 두 번째 투표에서는 접전 끝에 내가 근소한 차로 부장이 되었다.

'갈까 말까 고민되면 가고, 할까 말까 고민되면 해라.'

두 번째 투표 전 한마디 덧붙이기 위해 손을 들 때 떠올렸던 말이다. 인생의 모토가 '후회 없이 살자.'이다. 이 말이 생각보다 뇌리에 깊게 새겨져 있었나 보다. 간절한 순간에 제일 먼저 떠오르다니. 여전히 나는 그 결정적인 한마디를 후회하지 않는다. 오히려 감사하게 생각한다. 그 순간에 내가 어떻게 그런 용기가 샘솟아서 안 하던 짓을 했는지.

부장을 뽑은 이후로 2학년이 주도하던 활동들이 점점 1학년에게로 넘어왔다. 방송부가 하는 가장 주된 일인 점심 방송과 자율 시간 교육 방송에 1학년이 거의 적응했을 때부터였다. 부장으로 뽑힌 이후에 막중한 책임감을 안고 동아리를 이끌어 나가기 위해 칼을 갈고 있었다. 동아리 안에서 일어나는 일은 모두 내 관할 아래 있어야 한다고 생각했다. 그렇게 만들려고 했다. 왜냐하면 나는 부장이니까.

나랑 같이 부장을 지원했던 친구가 있다. 동아리 첫 시간에 어색할 텐데 먼저 말도 걸어 주고 친근하게 대해 주었던 친구다. 두 번째 투표도 나와 그 친구가 하게 되었는데, 솔직히 지금 와서 말하는 거지만 질 줄 알았다. 너무 겸손 떤다고 생각할 수도 있지만 진짜 그랬다.

본론으로 들어가 보자.

방송은 개인적인 일이 아니기 때문에 따로 전달받은 방송 일정이 있다면 부원들이 모두 인지하고 있을 수 있게 단체 채팅방에 공지를 띄우거나 이야기를 해주어야 한다. 교내 방송 이외에도 우리 동아리만의 특색 있는 활동을 해서 생활기록부를 작성해야 한다. 잠깐씩 짬을 내서 회의를 하는 경우도 잦다. 정식적으로 하는 게 아니다 보니 매번 모든 부원이 참석하기란 당연히 어렵다. 마찬가지로 회의한 내용을 모든 부원이 알게 하기 위해 단체 채팅방에 꼭 회의 내용을 남겨 주어야 한다.

방송부에는 차장이 없지만 우리끼리 하는 말로 그 친구가 꼭 차장인 것 같다고 한다. 그만큼 하는 일이 많으니. 분쟁의 시작도 그러했다. 회의를 해도 항상 하던 친구들만 했다. 방송 일정도 알던 친구들끼리만 알고 있었다.

2학년에 올라와서도 이 구조는 바뀔 기미가 보이지 않았다. 다른 친구들이 하나둘씩 나에게 와서 이런 이야기를 했다.

"이제 와서 말하는 거지만, 솔직히 우리 동아리 안에서 일 배분이 잘못된 것 같아."

나는 애초부터 느끼고 있었다. 방송부의 흐름이 아예 비대칭적으로 흘러가고 있다는 것을. 아무도 나에게 말해 주지 않았다. 이걸 왜 바로 잡지 않느냐고. 열심히 하는 친구는 열심히 하는 대로, 하지 않는 친구는 그런 친구대로 나름의 이유가 있겠거니 생각했다. 동아리 활동에 강제성을 주고 싶지는 않았다.

충분히 활동 진행이 자리 잡혀가는 지금 상황에서 바꾸어 가야 할 건 없다고 생각했다. 한 명을 시작으로 몇 명이나 더 이런 이야기를 해주었지만 내 생각은 변하지 않았다. 이대로 일 년만 기다리면 된다고 생각했다.

사건 발생 며칠 전.

뒤에서 언급하겠지만, 유튜브 건으로 방송실에 모여 회의하는 일이 잦았다. 부장인 나도 회의에 빠지는 경우가 있었다. 심지어는 회의가 있었는지 모르고 지나가는 날도 있었다. 매번 회의에서 어떤 사항이 결정되었는지 묻는 것도 번거로웠다. 모르고 있자니 답답했다. 그제서야 친구들 마음이 조금은 이해가 갔다. 나는 부장이라는 핑계로 방송부의 모든 일을 알고 있었다지만, 기껏해야 한 달에 네 시간 볼까 말까 한 나머지 부원들은 아니었다.

결국 공식적인 동아리 시간에 친구들이 모두 있는 곳에서 이야기를 꺼냈고, 그 부분에 대해서는 고치겠다고 말해 주었다. 본인들은 늘 그래왔듯이 일정을 말해 줘도 알고 있는 인원만 알고, 무관심한 사람은 말해 줘도 귀담아듣지도 않는 태도를 보인다고 했다. 어차피 말해 줘도 듣지도 않는데 의미가 없다고 이야기했다.

방송부 내에서 일을 맡는 편차가 너무 심하다고 느끼긴 했다. 말은 하지 않고 있었지만 주로 일을 도맡아 하는 인원 몇 명은 그걸 더욱 뼈저리게 느끼고 있었다. 방송부 부장이라는 직책까지 달고 있으면서 동아리 일에 안일하게 대처했던 것을 후회했다.

동아리 일에 대해서 부장이라는 직책에 책임감을 가지고, 보다 넓은 시야각을 가지고 일을 바라보아야겠다고 다짐했다. 이 일을 계기로 나는 팀을 이끄는 방법을 알게 되었다. 뿐만 아니라 사회에 나가서도 PD라는 직업을 가지게 된다면, 프로젝트를 위해 결성된 팀이든, 상대적으로 오랜 기간 함께하는 팀이든 의견 충돌에 대해 조금 더 예민하게 반응하고, 객관성을 가지고 접근해야 한다는 것을 깨달았다.

2. 리더십이 필요하다

羿之教人射, 必志於彀. 學者亦必志於彀. 大匠誨人, 必以規矩. 學者赤必以規矩. (고자 상편 20)

"예가 사람들에게 활쏘기를 가르칠 적에는 반드시 활줄을 한껏 당기는 것에 뜻을 두도록 하기에, 배우는 자 역시 반드시 활을 한껏 당기기 위해 노력한다. 큰 목수가 사람들을 가르칠 때에는 반드시 콤파스와 곡척을 사용하도록 하기에, 배우는 자 역시 콤파스와 곡척을 사용하게 된다."

활쏘기를 가르치는 사람은 자신이 활쏘기를 하는 모양새만을 보여주고 배우라고 하지 않는다. 목수는 자신이 나무를 다루는 모습만 보고서 배우라고 하지 않는다. 어려서부터 이론보다 실전을 더 좋아했던 나는 재미없는 이론보다 수많은 변수가 기다리고 있는 실전이 훨씬 더 가치 있다고 느꼈다. 아르바이트를 구할 때 왜 경력직을 우선시하겠는가? 회사에 정식으로 취업하기 전 인턴이라는 제도가 있겠는가? 모두 같은 이유라고 생각한다.

이어질 에피소드는 1학년 후배들에게 기계를 교육하면서 있었던 일이다. 여름 방학식을 진행하면서, 직접 방송을 할 때와는 다른 긴장감을 느꼈다.

시간은 2021년 3월로 돌아간다. 우리는 2학년이 되었다. 동아리에서는 새로운 1학년을 맞을 준비를 해야 했다. 고등학교 동아리는 학생 중심으로 운영된다. 부원들도 학생 구성에 직접적으로 관여한다. 일주일 정도 학교의 모든 동아리들이 1학년 학생들에게 홍보하는 시간이 주어진다. 그때부터 전쟁이다. 1학년 초반이면 진로가 정해져 있지 않은 경우가 대부분이기 때문에 누가 누가 잘 꼬시나 정도의 대결이 될 수밖에 없다.

전쟁 같은 모집 기간을 지내고 나서, 까다로운 절차를 통해 만난 최정예 1학년 방송부원들.

방송부원들은 좌충우돌 방송부 적응기를 열심히 보냈다.

적응기 1단계는 1학년 방송부원들과 친분 쌓기. 동아리 신규 학생 모집 후 수요일은 거의 모두 동아리 시간이라 얼굴은 자주 볼 수 있었다. 자연스럽게 말을 섞는 건 기본이고 (우리는 모르는 사이에) 서로 인스타그램 계정까지 맞팔로우 해 여느 일상을 공유하는 정말 가까운 사이가 되었다.

그렇다면 적응기 2단계, 선배들과 말문 트기. 나는 사람을 정말 좋아한다. 특히 내가 마음에 들거나 친해지고 싶은 사람이 있다면 얼굴에서 그게 다 보일 정도로. '우리' 후배들도 면접을 볼 때 면접 태도가 마음에 들어 꼭 들어왔으면 좋겠다고 한 친구들이었다. 선배라는 불편한 위치에 있는 걸 알지만, 작년까지만 해도 후배의 입장에 있던 나는 1학년들의 마음이 느껴져서 덜 불편했으면 하고, 친숙하게 다가가기 위해 노력했다. 아직 낯을 조금 가리는 친구들도 있었다. 면접 때 만났던 씩씩한 1학년 친구는 방송부로 만나서도 여전히 씩씩했다. 방실방실 밝게 웃으면서 곱게 접히는 눈이 귀여웠다. 불편할까 싶어 사적인 대화는 최대한 줄였다. 꼭 필요한 대화만 간결하게 친구처럼 대했다. 다른 친구들도 1학년들이 본인을 무서워하는 건 원치 않는지 살짝씩 장난도 치며 친분을 쌓아갔다.

대망의 3단계, 진정한 방송부원이 되는 단계라고 할 수 있다. 방송부의 본분은 '방송하기'이다. 그러기 위해서는 자신이 맡은 역할을 알고, 자신이 앞으로 그 역할을 맡았기 때문에 해야 할 일을 정확히 숙지하는 것이 중요하다. 엔지니어는 카메라, 시청각실 및 강당, 컴퓨터, CDP, 시보기 등으로 분야가 나누어져 있다. 작가와 아나운서는 방송 담당 요일만 다르고 하는 일은 모두 같았다. 나는 부장이기 때문에 조금 특수한 케이스였다. 방송부 엔지니어가 담당할 수 있는 모든 분야를 익혀야 한다. 그 외의 방송부원들은 본인이 맡은 역할만 잘 수행하면 된다. 1학년에서는 아직 부장이 정해지지 않아서 담당을 정하고 직속과 개별적으로 교육을 하는 시간을 가졌다.

이렇게 3단계까지 모두 완료한 1학년은 이제 4단계 마지막 관문만을 남겨 두고 있었다. 4단계는 무려 직접 방송해 보기. 본인 담당을 완벽하게 숙지했다 하더라도 실제 방송 상황에는 어떤 변수가 언제 생길지 모르기 때문에 2학년이 되기 전에 직접 방송을 해보는 경험이 필요하다. 그래서 문득 그런 생각이 들었다.

'이번 여름 방학식을 1학년에게 맡겨 보면 어떨까?'

2학기가 되면 거의 모든 방송을 1학년이 전담해야 하는데 우리(17기)는 한 번도 실전 연습을 해보지 않았다. 1년 전 아찔했던 나의 실수가 떠올랐다. 이번에는 우리가 보는 앞에서 꼭 실전 연습을 해 봤으면 좋겠다고 생각했다. 방학식은 교육 방송과 다르게 일 년에 몇 번 없다. 교장 선생님, 교감 선생님 등이 참석하시는 중요한 행사이기 때문에 첫 방송인 1학년에게 맡길 수 없다는 반대 의견도 있었다. 그렇지만 이번 방송은 전날 리허설도 해보고, 뒤에서 2학년이 상시 대기하고 있기 때문에 큰 문제는 생기지 않을 거라 생각했다.

어찌 됐든 결국 1학년이 2021학년도 여름 방학식 방송을 맡게 되었다. 이 소식을 들은 1학년들은 저들이 어떻게 방송을 하냐며 무서워하는 반응을 보였다. 표정들은 모두 웃고 있었다. 내가 사고 친 첫 방송 날에도 똑같은 반응이었다. 마음을 이해하기 때문에 더 꼼꼼하게 확인하고 가르쳤다. 들떠서 사고가 난다면 원래 2학년 담당인 방송을 1학년에게 맡긴 우리가 모두 책임져야 하기 때문이다.

방과후에 1학년과 소수의 2학년이 모여 점검을 진행했다. 내일은 정말 사고가 나면 안되는 방송이었기에 따로 시간을 내서라도 점검을 해야만 했다. 카메라 오케이. 마이크 오케이. 소리 잘 나오고, 화면도 오케이. 송출도 문제 없이 잘 된다. 화면 전환이나 동영상 재생, 오디오 볼륨, 카메라 줌인 등 실시간으로 해야 하는 것에만 실수가 없으면 정말 완벽한 리허설이었다.

방학식 당일에는 생각보다 정말 시간이 없었다. 전날에 미리 다 준비해 놓고 간 것이 뭐였는지 아침부터 모두가 전반에 점검을 도느라 바빴다. 미리 점검을 안 했다면 정말 몰랐을 것이다. 얼마 전에 방송 담당 기사님이 오셔서 기계 교육을 진행했다. 그러면서 채널을 살짝 조작한 것이 화근이 되어 특정 반에는 방송이 나오지 않았다. 1학년 중에는 이렇게 디테일한 기계 조작을 할 수 있는 사람이 없었기 때문에 사태를 아는 사람 중 유일하게 기계를 만질 줄 아는 사람인 나만 애가 탔다. 방송 시작 시간은 다가오고, 채널은 계속 이상하고. 분명 방송실에는 화면이 잘 나오는데, 이상하게 반에만 올라가면 화면이 안 떴다. 몇 번이고 층을 오르락내리락하고, 전화를 걸고 받고 한후에야 드디어 극적으로 채널이 정상적으로 나오기 시작했다. 아무도 모르게 안도의 한숨을 내쉬었다.

이제 숨을 좀 돌리나 했는데, 시간을 보니 이제 식이 정말 곧 시작할 때가 다 되었다. 그렇게 1학년들은 첫 방송의 설렘을 안고, 나를 포함한 2학년은 떨림과 긴장감을 안고 방송이 시작되었다. 두 명은 카메라 앞에 서서, 세 명은 나란히 모니터들 앞에 앉아,

한 명은 화면 안에 서서, 두 명은 방송실 뒤쪽에 서서 자신의 맡은 임무를 열심히 수행해 주었다. 중간에 몇 번 사고가 날 '뻔' 하긴 했지만, 사고로까지 이어지지 않았다. 내가 모든 것을 숙지하고 있었다. 무언가가 어긋날 것 같을 때마다 중간에서 상황을 정리했다.

가장 의미 있었던 부분은 이러한 중간자 역할이 PD가 아닐까 하고 생각했다는 것이다. 프로그램을 기획한 사람이기 때문에 돌아가는 상황을 모두 인지하는 것은 물론, 앞서 상황처럼 문제가 생기려 할 때 이것을 정리하는 것도 PD의 일이다. 앞의 에피소드와 비슷한 이야기이다. 여기서는 더 나아가 커뮤니케이션 능력을 활용해 여러 가지 일의 중간에서 윤활제 역할을 해주는 것이 중요하다고 강조하고 싶다.

3. 창의력이 필요하다

天時不如地利, 地利不如人和.(공손추 하편 1)
"하늘의 때는 땅의 이로움보다 못하고 땅의 이로움은 사람 사이의 화합보다 못하다."

맹자께서는 사람 사이의 화합이 중요하다고 말씀하셨다. 이번 챕터에서 이야기할 내용은 유튜브 촬영을 위해 있었던 일이다. 유튜브 콘텐츠를 위해 아이디어 회의를 수도 없이 하면서 PD의 자질 중 창의력이 정말 중요한 요소임을 알게 되었고, 그러기 위해서는 맹자의 말씀처럼 사람들 사이의 화합을 통해 갖추어 가는 것이 좋은 방법임을 깨달았다.

많은 우여곡절을 겪고 나와 방송부 친구들은 2학년이 되었다. 고등학교에서 가장 중요한 시기이다. 동아리에서 또한 가장 중요한 역할을 맡는다. 1학년 때는 2학년들의 교육을 받고 수습 기간을 가진다. 2학년이 되면 그것을 바탕으로 직접 방송을 담당하고, 대부분의 학교 일정을 소화한다. 3학년이 되면 동아리의 일에는 거의 참석하지 않고 자습 시간을 가진다.

2학년이 된 우리는 무엇을 해야 할지 너무 막막했다. 코로나로 학교도 제대로 등교하지 못한 1학년 1년 동안 배운 것은 매번 하는 학교의 점심 방송 시스템과 일주일에 한 번에서 두 번 정도 있는 교육 방송의 시스템이었다. 열정을 가득 안고 2학년이 된 우리에게 너무도 의미 없는 활동이었고, 조금 더 의미 있는 활동을 해보고자 아이디어 회의를 진행했다.

작년 한 해 동안에도 비공식적인 회의는 셀 수도 없이 많이 진행되었고, 친구들끼리 그냥 지나가는 소리로 '이런 거 하면 재미있겠다.'는 말도 많이 했다. 그중 우리가 첫 번째로 선택한 활동은 바로 〈유튜브 채널 운영하기〉였다. 방송부 동아리의 성격에 가장 잘 부합하기도 하고, 우리가 자신 있는 분야이기도 했다.

유튜브를 운영하기로 결정하고 바로 다음 회의에서는 유튜브를 어떤 방향으로 운영할 것인지, 제일 첫 영상의 주제는 무엇으로 할 것인지 등의 구체적인 사안에 대해 이야기를 나눴다.

"공식적인 곳에 올리는 거니까 학교 홍보 영상이 제일 무난하지 않을까."

한 친구가 제일 먼저 입을 열었다.

"우리 전에 MBTI 하면 좋을 것 같다고 얘기 나오지 않음? 나 그거 좋아."

"인정. 학교 홍보 영상 같은 건 너무 딱딱해 보이잖아."

반론이 제기되었다.

"난 둘 다 하고 싶은데. 그냥 계정을 두 개를 만들어."

"오, 그럼 되겠네. 하나는 좀… 멋있는 공식용, 하나는 비공식용으로 우리가 올리고 싶은 거 올리면 되잖아."

"오키. 그럼 이렇게 하자. 공식용에는 학교 홍보 영상 올리고, 비공식용에는 MBTI를 올려."

"굿."

열띤 토의 끝에 비공식용(우리끼리 그렇게 정했다) 계정에는 'MBTI'를 주제로 하는 첫 영상을, 공식용 계정에는 '학교 홍보'를 주제로 하는 첫 영상을 올리기로 했다.

먼저 진행된 건 공식용에 올라갈 학교 홍보 영상의 기획 단계였다. 영상의 전체적인 분위기나 틀을 잡는 것부터 고난이었다. 자칫하면 동영상 사이트에 '학교 홍보'라고 검색하면 주르륵 뜨는 여느 지루한 학교 홍보 영상이 될 수도 있기 때문이었다.

'어떻게 하면 조금이라도 더 사람들이 우리 영상을 보게 할 수 있을까.'

방송부 단체 채팅방에는 늘 영상 이야기가 끊이지 않았고, 모든 친구들이 너나 할 것 없이 활발하게 아이디어를 제시해 주었다.

나는 곰곰이 생각했다. 요즘 가장 유행하는 키워드를 이용해 보자. 인터넷 밈, 유튜브 알고리즘. 가장 먼저 떠오른 것은 그 두 개였다. 최근에 본 것 중 생각나는 영상이 하나 있었다. 어딘가 엉성하고 대체 뭘 하는 거지… 싶으면서도 중독성 있고 자꾸 보게 되는 그런

마성의 영상이었다. 워낙 유명해서 패러디로도 많이 활용되고, 조금만 설명해도 친구들은 모두 알아들은 눈치였다.

결국 유행하는 인터넷 밈을 패러디하는 형식으로 영상을 제작하게 되었다. 17기 방송부끼리는 첫 활동이기도 하고, 공식용으로 올라가는 영상이기에 모두가 합심해서 촬영하기로 했다. 2020년의 재현을 막기 위해 철저한 준비를 했다. 많이 없는 대사지만 꼼꼼히 확인하고, 어디서 어디로 어떻게 이동할 것인지 동선도 모두 정했다. 출연은 모두 하는 걸로, 장비는 선생님께 빌리기로 했고, 각자 개인 옷도 준비했다. 완벽했다. 그런 줄 알았다.

첫 씬부터 예상치 못한 변수가 있었다. 야외 촬영이었는데, 생각보다 바람 소리가 너무 크게 녹음되어 대사가 하나도 들리지 않았다. 머리카락이 너무 날려 얼굴은 하나도 보이지 않았고, 눈을 뜨기도 힘들었다. 설상가상으로 바람이 조금 얌전해지나 싶으면 차가 지나가서 녹화를 누를 타이밍조차 잡기가 힘들었다.

우여곡절 끝에 첫 씬이 완성되었다. 나머지는 계속 실내 촬영이라

머리가 휘날리던 어느 겨울날

바람이나 차처럼 큰 변수는 없었다. 뒤에 언급될 에피소드처럼 인원이 많은 것도 아니었고, 원래도 친했던 친구들과 함께 촬영해서 화기애애한 분위기로 잘 마무리할 수 있었다.

그리고선 며칠 지나지 않아 비공식용 계정에 업로드될 영상 이야기가 우리 대화의 주제가 되었다. 주제는 이미 MBTI로 결정되었고, 이제 누가 그 영상을 담당할 것인가에 초점이 맞추어졌다. 어차피 영상은 공식용이든 비공식용이든 계속 제작해야 하기 때문에 담당을 하느냐 안 하느냐보다는 언제 하느냐가 문제였다. 매도 먼저 맞는 게 낫다고. 첫 영상을 담당하게 되면 무조건 다음 영상은 담당하지 않게 되어 있기 때문에 내가 하겠다고 자원했다.

결국 나를 포함한 다섯 명의 친구들이 첫 영상을 담당하게 되었고, 이제부터 기획, 제작, 업로드까지 전부 우리의 몫이 되었다.

영상 제작 과정 중 통틀어서 가장 힘들었던 점을 꼽자면 고민하지 않고 첫 단계인 기획을 고를 수 있다. 가장 큰 틀인 'MBTI'는 정해졌지만 MBTI를 어떤 식으로 활용할 것인지, 촬영 방법은 어떤 식으로 할 건지 등의 회의가 추가적으로 필요했다. 5명의 시간을 한 번에 다 맞추기란 쉽지 않았고, 결국 효율적인 회의를 위해 단체 카톡방을 만들어 시도 때도 없이 의견을 주고받았다.

누구 하나 집어서 말할 수 없을 만큼 열정적이었다. 나의 경우에는 원래도 MBTI에 관심이 많았지만, 영상을 위해 유튜브에 업로드된 거의 모든 MBTI 영상을 시청할 정도로 자료를 열심히 모았다. 구성이 어떻게 되어 있는지, 촬영 방식은 어떤지, 인원은 몇 명이 필요한지 등을 분석했다. 어떤 것을 어떻게 활용했을 때 가장 반응이 좋고, 댓글에는 어떤 피드백이 있는지도 공부했다.

나뿐만 아니라 친구들도 다양한 커뮤니티 사이트나 SNS에서 정보를 모아 공유했다. 그렇게 친구들이 모은 자료, 내가 모은 자료를 모두 합해서 정리해 보니 그럴싸한 시나리오가 완성되었다.

철저했던 준비 때문일까. 시간은 촉박했지만 여태까지 한 촬영 중 가장 순조로웠고, 영상 퀄리티도 완전 마음에 쏙!까지는 아니지만 나름 괜찮았다.

맹자는 전쟁에서 가장 중요한 요소를 사람들 사이의 화합이라고 보았지만, 나는 이번 에피소드에서 전쟁뿐만 아니라 (PD의 일 내에서) 프로그램 제작 부분에서도 사람들 사이의 화합이 중요하다고 느꼈고, 더 나아가 PD뿐만 아니라 다른 직업군에서도 어떤 프로젝트가 원활히 진행되려면 사람들 사이의 화합이 중요하다고 생각했다.

책을 읽으면서도 느꼈겠지만 방송부는 어떤 프로젝트를 기획하기 위해서 회의를 정말 수도 없이 한다. 회의를 통해 저마다의 아이디어가 모여 우리만의 프로젝트가 비로소 시작된다.

얼마 전 책쓰기 관련 자료를 수집하다가 중앙일보의 기사 하나를 본 적이 있다. [예능처럼, 다큐처럼…나영석 · 서수민 · 김태호 PD가 전하는 커리어 코칭]이라는 제목의 기사*였다. 내용으로는 스타 PD 나영석, 서수민, 신원호, 김용범, 신형관, 김태호 6인의 리얼 인터뷰를 다룬 책인 〈다큐처럼 일하고 예능처럼 신나게〉가 출간된 후 그들에게 물은 6가지 커리어 코칭을 담았다.

기자가 나영석 피디에게 물었다.

"PD에게 가장 필요한 자질은 무엇이라고 생각하나?"

나영석 피디가 답했다.

"뻔한 답변일 수 있지만, '크리에이티브'다. 결국 잘 만드는 게 중요하니까. 나머지는 부수적으로 따라온다."

---

* https://news.joins.com/article/16811887

나영석 PD뿐만 아니라 현직 PD들은 PD에게 가장 필요한 자질로 '크리에이티브' 즉, 창의력을 꼽는다. 이전에 없던 새로운 프로그램을 만들어 내야 하는 책임이 있는 직업이다 보니 그런 생각을 가지고들 있는 것 같다. 나도 마찬가지로 몇 번의 프로젝트를 거치면서 크리에이티브가 PD의 자질 중 꽤 높은 순위에 위치하고 있다는 것을 어렵지 않게 알 수 있었다.

기억나는 어린 시절부터 나는 워낙 호기심이 없고, 질문이 없었다. 유치원에서 그림 그리기, 작품 만들기를 하면 항상 만들던 것만 만들었다. 초등학교, 중학교를 졸업할 때까지 패턴은 바뀌지 않았고, 특히 예체능이나 동아리 활동을 할 때 어려움을 겪었다.

고등학교 방송부에 들어와서 좋았던 점은 더 이상 나 혼자 끙끙대지 않아도 된다는 점이었다. 나로서는 아주 좋은 일이었다. 사람과 대화하며 많은 에너지를 얻을 뿐만 아니라, 원래 내 능력보다 더 많은 능력을 발휘할 수 있기 때문이다.

여담이지만 이 책을 쓰면서도 가끔 막히는 부분이 있을 때마다 옆에 앉아 있는 현수와 떠들기도 하고, 다른 친구와 전화를 하기도 했다. 혼자 시간을 보내며 생각에 잠기는 것보다 다른 사람과 대화하면서 내가 더 나일 수 있는 느낌이 들어 주위 사람을 자주 활용한다.

나와 같은 PD라는 꿈을 꾸고 있는 친구들이 혹시나 '나는 창의력이 부족하니 훌륭한 PD는 될 수 없겠지.'라고 생각하고 있다면 나는 과감히 말해 주고 싶다. PD가 되기 위해서 필요한 창의력은 타고난다고 해서 끝나는 게 아니다. 창으력은 만들어나갈 수 있다. 강점은 꾸준히 유지하며 키워나가고, 약점은 부족한 부분을 잘 보완하며 균형을 맞춰가면 된다.

2-4. 의사소통 능력이 필요하다

孟子曰, 愛人不親反其仁, 治人不治反其智, 禮人不答反其敬.
行有不得者, 皆反求諸己, 其身正而天下歸之. (이루 상편 4)

"다른 사람을 사랑하는데도 그가 나를 친하게 여기지 않을 경우는 자신의 사랑하는 마음을 반성해 보고, 다른 사람을 다스리는데도 다스려지지 않을 경우는 자신의 지혜를 반성해 보고, 다른 사람에게 예를 갖추어 대하는데도 그것에 상응하는 답례가 없을 경우는 자신의 공경하는 마음을 반성해 보아야 한다.

어떤 일을 하고서 바라는 결과를 얻지 못하면 모두 돌이켜 자신에게서 그 원인을 찾아야 한다."

맹자께서는 자신이 어떤 행동을 하고서 바라는 결과를 얻지 못하면 자신을 돌아보고, 결과를 얻지 못한 이유를 찾아야 한다고 말씀하셨다. 이번 챕터에서 이야기할 내용은 연극부와 촬영 중 갈등 상황이다. 문제가 빨리 해결되지 않고 지체되었던 이유는 무엇이며, 이를 겪고 나는 어떻게 더 성장하게 되었는지 자세하게 적어 보았다.

2020년 9월쯤의 일이었다. 앞서 언급했듯이 코로나로 인해 매년 진행해오던 동솔제에 차질이 생겼다는 이야기를 들었다. 축제가 온라인으로 진행된다는 소식을 듣고 하루를 어떻게 메우지 생각했다. 연극부와의 회의 중 연합을 해서 30분 정도의 단편영화를 만들자는 안건이 제시되었다. 연극부는 출연과 연출을 맡았다. 우리 방송부는 기획, 촬영, 편집 등을 맡았다.

주제는 '코로나 블루'였다. 코로나로 인해 적응할 수 없을 정도로 급격한 변화를 겪고 있는 주인공의 삶을 웹드라마 형식으로 짧게 촬영했다. 프로젝트 마무리 단계에서는 5분 정도의 길이로 리뷰 형식의 동영상을 따로 제작하기도 했다. 순탄할 거라는 예상과 달리, 온라인 동솔제 준비는 내 인생의 큰 이벤트 중 하나가 될 만큼 정말 힘들었다. 신경도 많이 쓰였다.

우리의 수레는 제일 처음 단계인 대본 초고 작성 단계부터 덜컹거렸다. 10명 정도의 친구들이 릴레이 형식으로 대본을 작성했다. 정해진 기간 안에 대본 작성을 완료해야 다음 단계로 넘어갈 수가 있었다. 분량도 채워야 하고 기간도 맞춰야 하니 친구들의 부담이 컸는지 마감이 늦어졌다.

2주가 지나서야 대본을 받은 기획·총괄팀은 앞으로의 계획을 수정하고, 스토리보드를 제작했다. 전체적인 일정이 모두 밀려 촬영도 늦게 시작했다. 내가 본격적으로 개입한 것은 촬영 때다. 대본을 살짝만 읽고 갔던 촬영 현장은 아수라장 그 자체였다. 방송부 인원이 약 25명, 연극부 인원이 약 15명으로 40명의 인원이 학교 동솔숲에 모두 모여 있었다. 두 동아리가 합쳐져 총괄이 누구인지, 감독은 누가 맡을 것인지, 기획은 어떻게 되었는지 등의 소통이 원활하게 되지 않았다. 결국 방송부의 다른 친구 한 명과 내가 책임을 지고 두 팀으로 나누어 촬영을 했다.

대본 하나만 달랑 들고 찾아간 보건실 씬에서는 분위기는 좋았지만, 시간이 많이 걸렸다. 보건 선생님께서 업무를 보셔야 하니 시간을 더 끌 수도 없는 노릇이었다. 어영부영 첫 번째 촬영을 끝내고 정신없이 남은 촬영을 이어갔다. 시간은 정말 어떻게 흘러갔는지도 모르게 훅 가버렸다. 하루 만에 깔끔하게 촬영을 끝낼 수 있을 거라 예상했지만, 역시 일은 계획대로 흘러가지 않는다.

그리고 대망의 두 번째 촬영 날, 내 고등학교 인생에 큰 이벤트로 남을 일이 터진다. 인원이 많았다. 당시 격주로 등교를 하던 때라 동아리 내에서도 학년이 다른 부원들끼리는 시간을 맞추기가 어려웠다. 그럼에도 불구하고 최대한 많은 인원이 참석할 수 있는 날을 정해 첫 촬영 이후 몇 주 만에 다시 촬영을 재개했다. 앞으로 남은 씬들은 모두 의상을 자주 바꿔야 하거나, 주변에 영향을 많이 받는 등의 까다로운 씬들이었다. 팀을 나눈다고 해도 일찍 끝나지 않을 게 분명했다. 계단 씬에서는 예상치 못한 발소리라는 변수에 테이크를 여러 번 반복하기도 했다. 하지만 즉석으로 카메오를 출연시키기도 하고 모두가 즐겁게 촬영에 임했다.

맨 앞의 친구가 카메오다. 얼마나 계단을 옮겨다녔던지.

촬영 분위기는 매우매우매우 좋았다. 마지막 씬을 찍기 전까지는 말이다. 점심도 못 먹고 학교에 왔는데 저녁 시간이 넘어서야 마지막 씬을 촬영할 수 있었다. 시간이 많이 늦은 탓에 마지막 씬은 꼭 필요한 인원만 남는 걸로 결정했다. 남은 인원은 모두 촬영을 마무리하고 퇴근했다. 대부분이 방송부였고, 역할을 맡은 배우들이 연극부였다.

촬영이 길어져서 모두가 예민해진 상태였다. 그래도 밝은 모습으로 최대한 빨리 촬영을 끝내고자 텐션을 끌어올리며 진행했다. 중간쯤 마무리했을 때였다. 촬영을 하려고 녹화 버튼을 눌렀다. 배우의 대사 중간에 계속 사람들 말소리 같은 잡음이 섞여 들어왔다.

고르고 고른 마지막 장면 촬영 공간

알고 보니 소품 담당의 연극부가 아직 퇴근을 하지 않고 남아서 우리의 촬영이 끝나길 기다리고 있었다. 소품 담당은 필요한 경우가 확실하게 정해져 있지 않고, 무한한 대기가 요구되는 역할이기 때문이다. 참다 못한 촬영팀 중 한 명이 가서 말했다.

"저희가 지금 촬영 중인데 말소리가 자꾸 섞여 들어와서 촬영이 힘들어요. 조금만 주의해 주시면 감사하겠습니다."

우리도 몇 번이고 참았다. 참다 못해 이야기를 하는 것이기 때문에 화가 많이 난 상태였다. 그럼에도 불구하고 얘기를 할 땐 정중히 부탁하는 어투로 말할 수 있도록 노력했다.

"우리도 집에 가고 싶은데. 촬영 언제 끝나? 하는 것도 없는데 오래 잡아 놓으니까 그렇잖아."

되돌아 오는 대답은 살짝 짜증이 섞인 듯한 말투였다. 이해하려고 했다. 그 사람들은 우리처럼 바쁘지도 않고 지루하게 시간만 보내고 있었을 테니.

"저희도 힘들고, 촬영 빨리 끝내고 싶어요. 협조 부탁드립니다."

호소하듯이 말했다.

정말 협조를 해주는 건지 이내 금방 조용해졌다. 그 틈을 타 우리는 촬영을 시작했다. 말소리가 줄어드니 배우들의 대사와 동선이 문제였다. 자꾸만 대사가 꼬이고, 동선이 헷갈리기 시작한 것이다. 같은 씬을 반복해서 계속 찍다 보니 고장이라도 난 것처럼 하나둘씩 삐그덕거렸다. 촬영은 끝날 기미가 보이지 않고 자꾸 길어지기만 했다.

소리 없는 아우성을 질렀다. 의자 끄는 소리는 왜 그렇게 크게 녹음되는 것이며, 카메라 렌즈는 닦아도 닦아도 왜 자꾸 뿌옇게 나오는 것이며, 바닥은 왜 걸을 때마다 삐걱거려서 같은 씬을 여섯 번이나 찍게 하는지. 우리는 전문적인 장비를 가지고 있지 않기 때문에 사소한 잡음 하나도 그냥 지나칠 수 없었다. 그 상황의 모든 게 원망스러웠다.

배우들도 어떻게 감을 잡고, 나머지 잡음들도 마무리가 될 때쯤이었다. 말소리가 다시 커지는 듯했다. 짜증이 확 치밀었다.

'누구는 이렇게 고생하고 싶어서 고생하냐고. 자기들은 하는 것도 없이 앉아 있으면서 조용히 하는 거, 그거 하나도 제대로 못 하나?'

속으로는 정말 많은 (나쁜) 생각이 들었지만 참았다. 다시 충돌하면 진짜 싸움으로 번질 것 같았다. 여러 번 참았다. 하지만 결국 터지게 되는 순간이 있었다.

말소리만 아니라면 정말 완벽한 순간이었다. 말썽이던 의자, 바닥, 배우들의 대사, 동선 모두 완벽했다. 근데! 말소리 하나 때문에 모든 게 다 제자리로 돌아갔다. 연극부 소속 배우들도 화가 날 정도로 정도가 지나쳤다. 참다 못해 촬영을 모두 중단하고 제대로 이야기를 하러 갔다.

소품 담당의 연극부가 기다리다가 지루해서 연극부가 아닌 자신의 친구들을 학교에 부른 것이었다. 그 친구들은 촬영 중인 상황을 모른 채 평소대로 말을 하며 걸어 들어왔다. 열심히 촬영 중인 우리는 뭐가 되는 거지. 봉사활동으로 기재되는 공식적인 활동을 하는 자리에 사적인 모임을 가지는 것은 어떻게 이해하려고 해도 이해할 수 없었다. 종일 촬영으로 고생한 친구들이었다. 마지막만큼은 빨리 마무리하고 싶었다. 오랜 시간 방해받았고 더 이상은 참을 수 없었다.

"저희 아까부터 계속 촬영하고 있다고 양해를 구했습니다. 말소리가 너무 커서 촬영을 진행할 수가 없어요."

그러자 적반하장의 대답이 돌아왔다.

"아니, 우리도 조용히 하고 있다고. 대체 언제 끝나?"

"그쪽에서 자꾸 시끄럽게 떠드는데 저희가 어떻게 촬영을 끝내죠?"

말이 조금 날카롭게 나갔다. 하지만 우리에겐 최선이었다.

"방음이 잘 안되나 보지. 우리 진짜 조용히 하고 있었어."

"진짜 마지막으로 주의 부탁드립니다. 협조해 주세요."

거의 싸움 직전까지 갔다. 마지막 오케이씬을 촬영할 때까지도 잡음이 끊기지 않았다. 연극부 소품 담당 인원을 제외하고는 화기애애한 분위기로 촬영을 마무리했다. 마지막에 남은 친구들은 어느 동아리랄 것 없이, 어느 담당이랄 것 없이 정말 최선을 다했다. 마지막 촬영에 남은 방송부 친구들, 연극부 배우들 누구 하나 억울할 것 없이 활동에 열심히 임해 주었다.

우리의 갈등이 점점 더 깊어지기만 했던 이유를 생각해 보았다. 촬영팀에서는 소품 담당의 입장을 이해하려는 시도도 하지 않았다는 것을 알게 되었다. 우리의 촬영이 방해된다는 이유로 무작정 조용히 해 달라고만 했다. 촬영팀의 할 일인 촬영에만 몰두하느라 촬영에 방해되지 않는 곳에서 소품팀이 대기할 수는 없었는지 등의 다른 대안을 찾아보려는 시도조차 하지 않았다.

결국 충돌이 생겼던 것, 갈등이 깊어질 수밖에 없었던 이유는 전부 자신에게 있던 것이다. 나는 당시 촬영의 총괄, 그러니까 방송국으로 따지자면 PD의 역할을 맡고 있었음에도 불구하고 촬영팀과 소품팀 모두에게 좋게 상황이 흘러가도록 노력하지 않았다. 한쪽 의견에만 너무 치우쳐 감정적으로 대응했다. 상황 당시에 맹자께서 하셨던 말씀을 되새길 수 있었다면 어땠을까.

이 일을 계기로 느낀 점이 있다. 현장에서의 모든 일은 PD의 지휘 아래 발생한다. 그 말인즉슨 현장에서 발생하는 모든 일은 PD의 책임이라는 것이다. 개인과 개인과의 갈등이든, 개인과 다수의 갈등이든, 다수와 다수의 갈등이든 한쪽에 치우치지 않고 문제를 원만하게 해결해야 한다. 문제가 커지지 않고 빠르게 해결되는 것도 아주 중요하다. 그러기 위해서는 여러 사람의 말을 모두 들어 보아야 한다. 정확한 판단을 내릴 수 있어야 한다. 모든 직업군에서도 그러하지만 유연하고 신속한 대처 능력과 커뮤니케이션 능력이 PD라는 직업에서는 특히나 더 중요하는 걸 깨달은 하루였다.

3장. PD 일기를 마무리하며

1. 초심 찾기

大人者 不失其赤子之心者也.(이루 하편 12)
"대인이란 어린아이의 마음을 잃지 않은 사람이다."

물론 실제로 순수한 어린아이의 마음을 가리킨 말일 수도 있지만, 나는 어린아이의 마음이 초심과 같다고 해석했다. 나는 초심이다. 게임으로 비유하자면 튜토리얼 단계. PD가 되고 싶다는 꿈을 가지고 PD가 되려면 구체적으로 어떤 학과에 진학해야 하는지, 훌륭한 PD란 무엇인지, PD가 가져야 할 자질은 무엇인지, PD라는 직업은 정확히 어떤 일을 하는 건지, PD의 미래 전망은 어떤지 등등을 이론적으로 학습한다. 튜토리얼에서는 지름길을 가르쳐 주지 않는다. 정석대로 문제를 해결해 나가는 방법을 가르쳐 준다. 나 또한 그렇다. 아직 PD라는 꿈을 가지고 알아가는 단계일 뿐이기 때문에 실제로 PD라는 직업을 가지게 된다면 어떤 문제가 닥치게 될지 전혀 모른다.

하지만 이 초심을 제대로 다진다면 이후에 내가 진짜 PD가 되었을 때는 더 완전하고 성숙한 모습이지 않을까?

책쓰기에서도 책을 본격적으로 쓰기 전 개요도를 작성하며 독자층을 설정한다. 나는 같은 꿈을 꾸고 있는 또래 친구들과 이미 PD라는 직업을 가진 분들이 내 책을 읽었으면 좋겠다고 적었다. 그 이유가 이 챕터에 드러난다. 어린아이의 마음을 잃지 않은 대인처럼 나의 초심이 담긴 책을 PD 선배님들이 읽고, 같이 초심으로 돌아갔으면 하는 마음이다.

사실 연차라는 것이 쌓이면 쌓일수록 좋기도 하지만, 사실은 독이 되기도 한다. 고등학교 생활만 해도, 1학년 다르고, 2학년 다르고, 3학년 다르다. 경험과 익숙함에서 오는 차이이다.

논외의 이야기지만, 초등학교 시절 피아노 학원에 오래 다녔었다. 선생님께서는 레슨을 마치고 항상 연습 수첩에 하농을 열 번씩 연습하라며 체크해 주셨다. 하지만 요령이 쌓인 나는 열 번도 채 연습하지 않고 색칠을 모두 끝낸 다음 선생님께 쪼르르 달려가 다 했다며 놀고 싶다고 떼를 썼다. 하농뿐만 아니라 콩쿨을 준비할 때도 똑같이 꾀를 부렸으며, 결국 좋은 성적을 거두지 못했다.

본론으로 돌아와서, 이 책을 쓴 첫 번째 목적이 지금 PD를 하고 계신 분들이 내 이야기를 읽고 초심을 상기시켰으면 좋겠다는 바람에서이다.

두 번째 목적은 나와 같은 꿈을 가진 또래 친구들의 방황에 도움이 되고 싶어서이다.

1년 남짓한 시간 동안 있었던 이런 재미있는 또는 그냥 그럴 수도 있는 에피소드들을 언급하면서 꼭 하고 싶은 이야기가 있었다. 많이 흔들리겠지만 이런 친구도 있다는 것을 알고, '이게 맞을까?', '나는 잘하고 있는 걸까?' 더 불안해하지 않았으면 좋겠다.

지금까지 책을 읽었다면 알겠지만 나는 방송부를 이끌면서 극적으로 대단한 업적을 이뤄낸 것도 없고, 하는 것마다 실수투성이에 심지어 어떨 때는 내가 건드려서 상황을 악화되기도 한다. 신속한 대처 능력, 커뮤니케이션 능력, 창의력, 리더십. PD가 되기 위해서는 이보다 훨씬 더 많은 자질이 필요할 것이다.

내가 PD라는 꿈을 꾸기 시작할 때쯤에는 내가 PD라는 직업에 맞는 사람인가? 내가 PD가 되어도 괜찮을까? 라는 질문을 나 스스로에게 던지면서 PD의 자질에 대해 생각하는 시간을 가졌다. 아직 PD가 된 것도 아니지만… 실제로 PD가 된 것처럼 엄청 진지하게. 일주일에 한 시간 있는 진로 시간이나 내 진로가 고민될 때? 가끔씩 PD들의 인터뷰를 찾아보기도 했다. 현직 PD들은 직접 자신이 일을 하면서 필요하다고 생각했던 자질들이 하나씩은 꼭 있었다. 물론 겹치는 것도 정말 많고. 하지만 내가 생각하기에 나는 그 조건에 정말 맞지 않았고, 실제로도 잘하는 일이 없었다.

그래도 내가 이 꿈을 포기하지 않은 이유는 하나다. 내가 좋아하는 일이기 때문이다. 진로를 고를 때 가장 우선 순위로 두는 것이 '내가 하고 싶은 것'이다. 물론 지금은 PD가 내 진로로 자리 잡았지만,

원래는 피아니스트도 되고 싶었고, 수의사도 되고 싶었고, 메이크업 아티스트도 되고 싶었다. 피아노 치는 것이 좋았고, 동물들과 교감하는 게 즐거웠고, 화장을 하거나 해주는 것이 재미있었기 때문이다. 모두 현실적인 벽에 부딪혀 포기하긴 했지만 말이다. 그렇지만 나는 여전히 가끔씩 생각한다. 만약 내가 그때 '그' 꿈을 포기하지 않았으면 어땠을까? 지금 나는 어떤 모습일까? 포기하고 돌아보니 그때 최선을 다하지 않았던 것이 후회가 되었다.

자신감을 가져라. 세상에 완벽한 건 없다. 내가 좋아하는 것을 해라. 좋아하는 것이 아니라면 무엇을 하든 의미가 없다. 정리하자면, 좋아하는 것을 재고 따지지 말고 최선을 다해서 해라. 책이 마지막을 향해가고 있는 지금, 그 계획을 수정하려 한다. 나와 같은 꿈을 가진 친구들이 아니어도, 진로에 대해 방황하고 어려움을 가지고 있는 친구들이나 하고 싶은 일을 고민하고 있는 사람들 모두가 이 챕터만은 꼭 읽어 봤으면 좋겠다.

내가 뭐라고 이런 말을 할까. 아직도 이런 생각은 든다. 근데? 내가 아무것도 아니면 이런 말도 못 하나? 우리가 사는 지구 어딘가에 아무것도 아닌 누군가가 꿈을 꾸면서 했던 생각들에는 이런 것이 있다는 걸 말하고 싶었다. 아무것도 아닌 내가 했던 말, 생각들이 누군가에게는 닿아 힘이 되지 않을까 하고.

긴 글을 덮지 않고 끝까지 읽어 주신 분들에게 감사 인사를 올린다. 내가, 아무것도 아닌 내가 감히 책까지 쓰게 되리라고는 상상도 못 했다. 하더라도 중간에 포기하게 될 줄 알았다. 선생님이 예고해 주신 대로 책 쓰기는 정말 힘들었지만. 또 정말 보람찬 일이 되었다. 내 인생에서 다시는 없을 첫 책 쓰기 경험. 과거를 되돌아보며 내 미래를 그려가는 과정이었고, 이를 통해 내가 가진 진로에 대해 더욱 구체적으로 고민해 보게 되었다.

이 책을 쓰고 간직하는 것처럼, 이 책을 쓰고 있는 지금 가진 초심을 간직해서 내 미래를 꾸려 나가고 싶다. 지금이 아니면 할 수 없는 특별한 경험을 글로 기록하면서 '이럴 때도 있었지.' 회상하고, '다시는 이러지 말아야겠다.' 다짐도 했다. 그런 과정을 통해 나는 또 성장하고 발전한다.

어디선가 이런 글을 본 적이 있다.

> 우리가 80살 정도 산다고 칩시다. 그러면 인생의 절반은 40살, 반의 반은 20살이죠. 인생이 하루라고 따진다면, 80살은 자정입니다. 40살은 정오입니다. 심지어 20살은 새벽 6시입니다. 누군가는 아침 일찍 하루를 시작할 수도 있지만, 누구는 점심 느긋이 일어나 하루를 시작할 수도 있을 겁니다.

간호학과를 1년 넘게 지망해 오다가, 2학년 2학기가 되어서 진로에 대한 고민 때문에 골머리를 앓고 있는 친구가 있었다. 간호학과는 본인이 가고 싶은 학과가 아닌 부모님께서 원하신 학과라고 했다. 친구가 원하는 학과가 있느냐고 물어보니 그건 또 모르겠다고 대답한다. 그럴 수 있지. 대학교에는 자유전공학과라는 것도 있고, 정 안 되면 대학교에 입학했다가 다른 과로 옮기면 된다. 재수를 하는 방법도 있고, 유학을 가는 방법도 있다. 너무 쉽게 말한다고 비난할 수도 있다. 그렇다면 어렵게 말해야 할 이유는 무엇인가? 그냥 하면 된다. 그깟 1, 2년은 아무것도 아니다. 입시를 겪고 있는 지금은 내 중간고사 성적이 인생의 전부 같고, 지망하던 대학과 점점 멀어지고 있다는 생각이 들면 좌절하기 일쑤다. 말했잖아. 20살은 새벽 6시다.

　나는 학교에 갈 때도 7시가 넘어서 일어난다. 새벽 6시면 아직 한창 꿈나라를 헤매고 있을 때다. 남들이 6시에 일어난다고 해서 내가 꼭 6시에 같이 일어날 필요는 없다. 내가 시간에 맞춰 도착할 수 있게끔 기상 시간을 설정하면 된다. 이것처럼 꿈을 찾게 되는 시기도 사람마다 제각각이다. 내 옆자리 친구가 꿈을 찾아 대학교를 갔다고 해서 내가 똑같은 시기에 꿈을 찾아야 한다는 법은 없다.

to. 이 글을 읽는 너에게

나는 네가 무너지지 않았으면 좋겠다. 난 늘 네가 대단하고 존경스
럽다고 생각했어. 단단한 널 보며 키워 온 마음이 여전한데 요즘 들
어 힘이 없어 보여 썩 편하진 않네. 지금까지 잘해 왔으니까 이 고난
도 잘 헤쳐나갈 거라 믿어. 너무 마음 쓰지 말고, 내가 필요하면 언
제든지 전화해 줘. 밤에는 혼자 울지 마.
    p.s. 내가 너에게 힘이 될 수 있었으면….

마지막으로 소녀시대의 힘내! (Way To Go) 들으면서 이상으로 미
래의 PD 김은송이었습니다. 감사합니다.

맹자란 색을 더한 디자인

이현수

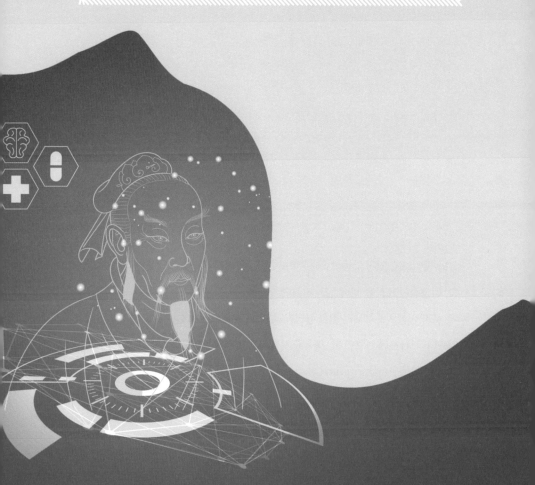

글쓴이 소개

about 이현수

그냥 평범하지 않게 고등학교에 재학하고 있는 디자인과를 지망하는 이현수입니다. 이상적인 세상을 생각하고, 바라며, 창조해냅니다. 단순히 글자로서의 존재 외에, 글자 이상의 느낌과 감정을 전달받았으면 합니다. 하고 싶은 것도 많고, 할 것도 많습니다. 뉴스에 나오면 아, 쟤 누군지 알아! 한 번 해주세요.

더 많은 작품은 Instartgram @ixu_art

1장. 글을 읽기 전에

내가 이 글을 써도 될까 많이 고민을 했다. 정확히는 이 글을 쓰기 위해서 내가 할 말은 너무 많지만, 내가 과연 말할 수 있는 자격이 될까 고민을 했다.

나는 제3자이다.

뒤에 서술할 내용들 중 어떤 부분은 겪은 것이 아니며, 주변 지인, 혹은 간접적으로 체험한 경우인 상황이 상당히 많다. 직접 겪어보지도 않은 힘듦과 고통을 제3자인 내가 말을 꺼내도 괜찮은 것인가 생각했다.

나는 이 책을 읽고 위안을 받거나 혹은 동질감을 느끼거나 같은 감정을 느끼기를 바라는 사람들과 같은 길을 걸어가지만, 전혀 다른 방식과 방법으로 걸어간다. 그 방법을 통해 걸어가는 나를 보며, 누군가는 나에게 '멋지다, 대단한 것 같다.'고 하고, 누군가는 나에게 '너 같은 것이 무슨 미술(디자인)이냐. 예술은 못 할 것이다. 다들 너를 욕한다.'라고 한다.

나를 겁쟁이로 봐도 좋고, 내가 못 할 것이라고 생각을 해도 좋다. 이 책을 읽다가 그 부분에서 이건 제대로 알지도 못하는 놈이 위선적으로 쓴 글이라고 생각해도 좋다. 책을 덮어버리고 다음 챕터로 넘어가도 좋다. 다만 이 책을 읽고, 자신이 힘듦이 떠올랐다면, 나는 그것에 대해 공감해 주고 있다는 사실을 전할 뿐이다.

　이 책은 우리가 걸어가는 '디자이너'라는 길의 과정에 대해 쓴 책이다.

　이 책은 고등학생이 보는 '디자이너'라는 것에 대해 쓴 책이다.

　이 책은 내가 보아왔던 '디자이너'에 대해 쓴 책이다.

　결국 이 책은, 내가 생각하고, 보아왔고, 들어왔고, 그리고 나의 머릿속에 혼란한 상태로 있는 '디자이너'에 대한 이야기를 푸는 책이다.

　그리고 디자이너만이 아닌, 나랑 동갑, 혹은 나의 나이를 지나 온 사람들이 이 책을 읽으면서 공감했으면 좋겠다.

雖有天下易生之物也, 一日暴之, 十日寒之, 未有能生者也. (고자 상편 9)
"비록 천하에 쉽게 자라는 식물이 있다 해도 하루 햇볕을 잘 비추어 주고 열흘을 차고 어두운곳에 두게 되면 그래도 잘 자라는 식물은 없을 것이다."

　맹자의 말처럼, 우리는 스스로 단련하고, 발전해야 한다. 특히 디자이너는 더 외롭고 고독하다. 이에 대해서 우리는 스스로에게 햇볕을 줄 필요가 있다.

2장. 생각도 못 해본 디자인

1. 아니, 이걸 왜 디자인이라고 부르는가?

行有不得者, 皆反求諸己, 其身正而天下歸之. (이루 상편 4)

"어떤 일을 하고서 바라는 결과를 얻지 못하면 모두 돌이켜 자신에게서 그 원인을 찾아야 한다. 자신의 한 몸이 바르면 천하 사람들이 다 그에게로 돌아온다."

자주 생각하는 일 중 하나가, 나는 왜 디자인을 시작하려고 했었나? 이다. 어떨 때에는 결과에도 회의감도 들고, 내가 하려는 것이 무엇이었는지도 잊어버린다. 그에 대한 정답은 스스로에게 있다.

나는 어릴 때부터 많은 영상과 디자인, 그래픽을 봐왔다. 사실 그 전에도 많은 꿈이 있었다. 음악이나 작가도 하고 싶었고, 성우나 무용도 하고 싶었다. 대부분은 현실에 가로막혔고, 그 다음으로 하고 싶었던 것이 '영상'이랑 '방송' 그리고 '그래픽', 그중에서도 '모션 그래픽'이었다.

기획하는 것이 재밌었고, 그 기획이 내 활동으로 실현화되는 게 좋았고, 그것을 직접 편집해서 내가 원하는 모습으로 만드는 것이 좋았다. 어영부영 중학교 생활을 그닥 보내고, 고등학교를 올라올 때, 대충 진로사항을 '신문방송과' 정도로 적었다. 내가 하고 싶은 것이 뭐냐 누군가 묻자, '저는 신문방송과 갈 거예요.'라고 했고, '영상을 기획하고 편집하는 게 좋아요.'라고 대답했다. 대부분의 사람은 좋다고 했지만, 마음 한켠에 뭔가 찝찝함이 있었다.

예전에 미대를 다니던 누나가 말했다.

"어? 그거 신문방송과 아닌데, 그거 미대야. 나중에 시간나면 대학 커리큘럼 같은 거 한 번 봐봐."

"응? 진짜?"

"응. 근데 니가 뭘 하고 싶은지 제대로 알아야 해."

2020년 6월쯤 코로나로 학교도 못 가고 있을 때, 어느 대학교의 커리큘럼을 봤다. 내가 하고 싶은 기획과 편집은 신문방송과에 없었다. 그 누나의 말대로 미대에 과정이 편성되어 있었고, 신문방송과에는 조금의 기획과 마케팅, 커뮤니케이션 위주로 편성되어 있었다. 며칠간 고민을 했다.

'내가 진정으로 하고 싶은 건 뭔가. 미대는 돈이 많이 든다.'

나는 하고 싶은 것이 많았다. 예술에 특히나 관심이 많았고, 영상이 좋았고, 디지털 속 그래픽을 어렸을 때부터 많이 접해왔으며, 기획하고 싶고, 제작하고 싶었다. 비록 손재주는 없었지만, 무언가를 꾸미거나 내가 바라는 형태로 만들어 내고자 했었다. 내 이름으로 된 작품을 만들고 싶고, 그로 영향을 끼치는 사람이 되고 싶고, 그 모든 것을 배우고, 경험하고 싶었다.

그래서 디자이너라는 꿈을 꾸고, 그리로 방향을 잡았다. 디자이너가 원래부터 쉽게 선택하고, 취직을 위하거나, 사회적인 지위를 노리는 직업이 아니다. 초등학교도 들어가기 전부터 유튜브를 보는 것을 좋아했고, 어릴 때부터 컴퓨터로 하는 작업도 좋아했다. 어느 날, 인터넷에서 '키네틱 타이포 그래피'라는 영상을 우연히 보게 되었다.

그때 그런 영상을 만드는 작업을 하고 싶었다. 어릴 때 저게 뭘까 궁금해하다가, 막상 디자이너라는 직업에 대해서 조사하니, 내가 어릴 때 보았던 멋있던 그런 일을 하는 사람이었다. 또, 주변에 영상을 하고 디자인을 하는 인원이 그 당시에 많았는데, 그들의 작품을 보고 스스로 생각해서 영향을 받은 것이 아닌가 생각된다. 그렇게 디자이너라는 진로를 잡고 제일 처음 한 것은 '입시미술'에 대해서 알아 보았다.

먼저 눈에 띄었으면서, 첫 번째 좌절을 느끼게 해주었던 것은, 바로 가격이었다. 한 달에 학원비로 몇십만 원, 재료비까지 포함하면 백만 원대의 투자. 방학과 같은 특정시기에는 300만 원이 넘는 금액을 투자해야 했다.

당연히 그럭저럭 살고 있는 우리집에서 부담하기에는 너무 큰 돈이었고, 결국 돌고 돌아 조금 다른 길을 찾아 '비실기'였다. 이 전형은 성적보다 서류가 중요하고, 나에게는 유일한 길이었기에 이렇게 결정하고, 이 결정은 후에 되어야 내가 잘한 선택들 중 한 개가 되었다. 여기까지의 과정이 되기 전에는 많이 힘들었다. '왜 우리집은 돈이 없는가.'부터 '왜 나는 내가 할 수 있는 일을 하지 못하는가.'까지. 스스로 책임을 회피하고 세상에게 탓을 하기 바빴다. 맹자의 말처럼 내 자신을 더 단단하고 강한 껍질로 지키려고만 했지, 스스로 질문을 해 돌아보려고 하지 않았었다.

작은 변화를 하나씩 시작했다. 다른 방법을 모색했고, 뭐라도 하기 시작했으며, 작은 활동이라도 하나씩 해 나가기 시작했다. 뭐가 뭔지 몰라서 일단 하고 보자고 해서, 시작했다. 입시적인 측면에서는 생기부를 채우기 위해 노력하고, 정육면체나 그려보면서 '졸업 전까지 정육면체는 완벽하게 그리는 사람이 될 거야!'라고 생각하며 정육면체를 그렸다.

몇번이고 정육면체를 그렸다.

방송부에 들어가 편집과 디자인을 응용하는 방법을 배웠고, 말 그대로 아는 것이 없어서 맨땅에 헤딩부터 시작하면서 무엇이라도 하기 시작했다. 틈틈이 개인 작업물을 만들어 인스타그램에 올렸다.

萬物皆備於我矣.(진심 상편 4)
"만물이 다 나에게 갖추어져 있다."

모든 것은 이미 나에게 있다고 생각하고 행동하면 된다. 내가 나에게 갖추어진 길을 나아가면, 결국엔 모든 것이 나에게 있다.

그러자 다행히도 하나씩 길이 보였다. 교내 미술캠프에 참여하고, 누군가에게 그림을 배울 기회가 생겼으며, 나의 궁금증을 해결할 수도 있었고, 많은 경험의 기회가 생기기 시작했다. 경험을 쌓다 보니 주변에서 나를 찾거나 부르는 일이 많아졌다. 어느 날 쉬는 시간에 다른 동아리 부장이 찾아와서 '자신의 동아리가 활동을 하는데 거기의 편집/디자인을 맡아 줄 수 있나?'라는 제안이 들어오기도 했다.

내가 무엇을 좋아했는지, 왜 이것을 하고 싶어 했는지 잊지 않고 꿈을 계속해서 상기하려고 노력했다. 이런 길을 스스로 선택하고 스스로 고민해서 낸 결과니까 말이다. 당신은 어떤가? 우리는 이 길이 원래 자신이 바라던 모습이 맞는지 검토하고 확인해야 한다.

ixu_art 메시지 보내기

게시물 5   팔로워 12   팔로우 6

@xio_i_0311
이현수놈 전시회.
그냥 작품안 전시해요!

xan_i_o, dafffori, min_elmo12님 외 3명이 팔로우합니다

⊞ 게시물   태그됨

내 작품을 공유하는 인스타그램

2. 나는 미술이 싫다

魚, 我所欲也; 熊掌, 亦我所欲也, 二者不可得兼, 舍魚而取熊掌者也. 生, 亦我所欲也; 義, 亦我所欲也, 二者不可得兼, 舍生而取義者也. 生亦我所欲, 所欲有甚於生者, 故不爲苟得也. (고자 상편 10)

"물고기도 내가 좋아하는 음식이고, 곰발바닥도 내가 좋아하는 음식이지만, 두 가지를 모두 다 맛볼 수 없다고 하면, 물고기를 버리고 더 맛있는 곰발바닥 요리를 취하겠다. 사는 것도 또한 내가 원하는 것이고, 의(義) 또한 내가 원하는 것이지만, 두 가지를 모두 추구할 수 없다고 하면, 사는 것을 버리고 의(義)를 취하겠다. 사는 것 또한 내가 원하는 것이지만, 진정으로 원하는 것이 사는 것보다 심한 것이 있기 때문에 구차하게 삶을 구걸하진 않겠다."

많은 디자이너를 꿈꾸는 학생들 중 많은 인원이 꿈을 놓는 경우가 있다. 다들 꿈을 포기할 때, 전부 제각기 다른 이유로 꿈들을 포기하게 된다. 그에 대한 몇가지, 일반인들이 모를 법한 예시를 살펴보자.

처음에 맞닥뜨리는 것은 비용의 문제이다. 다들 학원을 다녀봤을 것이다. 일반적인 수학, 영어학원비가 얼마인지 알 것이다. 평균적으로 적으면 20만 원 많으면 50만 원 정도의 가격이 형성되어 있다.

그렇다면 가장 일반인 접근 방법인 미술학원의 가격은 어떻게 책정되어 있을까?

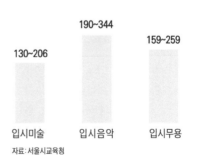

서울시 학원 과목별 교습비
1분당 단가(단위:원)

130~206 입시미술
190~344 입시음악
159~259 입시무용

자료: 서울시교육청

가격이 큰 차이가 없어 보이지만, 미술학원은 조금 다른 개념으로 시간이 접근한다. 단위를 '1타임'이라는 단위를 사용하는데, 여기서 1타임은 일반적인 2시간이 아니라, 4시간이다. 이 이유는, 대부분의 실기고사가 4~5시간인 점에 있는데, 못해도 주 3~5회를 오고, 하루에 1타임, 주말에는 많으면 2~3타임 정도를 한다. 다른 학원과 달리, 일주일에 12~20시간 정도, 한달에 48~80시간 정도의 비용, 거기다가 재료비는 별도이다.

기본 월 60~80만 원+재료비, 그리고 방학과 같은 특강 때에는 2달에 300~400이 넘는 가격을 내면서 다녀야 한다. 지방학원 기준으로, 미대입시의 중심지인 홍익대학교 사거리 앞은 더욱 비싼 가격대에 형성되어 있다. 그래서 처음부터 미대입시에 발조차 들이지 못하고, 비싼 가격에 포기하고 등을 돌려버리는 학생들이 상당수이다. 어찌저찌 비싼 가격의 미술학원비를 제공할 수 있다고 하더라도, 다음 문제는 전혀 예상하지 못한 그림에서 부딪히게 된다. 학생들은 자신들이 기존에 생각하고 봐왔던 그림과는 전혀 다른 학습하는 형식의,

'기초디자인' 예시

양산형적이고 체계적이고 정답이 있는 그림을 기계처럼 그리게 된다.

실상 입시미술이라고 해도 공부랑은 별반 차이가 없는 것이다. 더 웃긴 것은 이와 같은 손으로 하는 그림은 디자인과를 진학하는 학생들에게는 대학에서 전혀, 1도, 아무런 의미도, 필요도 없다는 것이다. 비슷한 예시로 입시미술을 하던 한국의 미술영재라는 아이가 있었다. 이 아이도 대학교를 진학하려고 할 때 입시미술을 접했는데, 입시미술을 하려면 할수록 점점 그림 실력이 오히려 더 퇴화되고 답답해하며, 미술을 포기하게 할 정도로, 한국의 입시미술은 미술의 재능을 살리고, 사람의 능력을 분별하는 기능이 아닌, 그냥 정형화되어, 기계적인 그림을 그리는 것 그것 뿐이다. 더 이상 미술로서의 가치는 이미 사라져버렸다. 그렇기에 많은 아이들은 현재의 입시미술에 회의감을 느끼고 포기하는 경우가 많다.

아니면, 다른 학생들은 입시미술을 하던 도중에 꿈을 잃어버리는 경우도 있다. 자신은 재능이 없다고 생각하거나, 주변인과의 경쟁에 지쳐서 포기하거나, 혹은 선생님이 그림을 찢어버리는 강력한 교육방식을 택한다거나, 정시특강과 같이 많이 스케줄이 빡빡한 수업이나, 진학률에 힘을 쓰는 곳에는 아직 체벌이 남아 있는 등, 많은 부분에서 아이들이 입시미술을 포기하게 된다.

내부적인 입시요인 외에도, 외부에서 많은 영향을 받아서 포기하는 경우가 많다. 예체능이라고 차별을 하거나, '너는 우리보다 공부를 안 하잖아.'라고 일방적으로 잘못된 시선을 가지고 삿대질하는 학생들, 심지어 선생들까지 차별하기도 한다. 우리 학교의 어떤 선생님은 매 시간마다 예체능 학생들을 손들어 불러세워서 밖에서 이야기하는 일도 있었다. 이런 만큼 차별 아닌 차별적인 시선이나, 예체능을 만류할 만큼 외부의 시선은 좋지 않다. 예체능학생들도 학생이기에 그런 정신적인 외압이 거세지면 멘탈이 무너져 포기하게 된다.

또한 그런저런 시선을 견디어도, 대학생활이나 직장생활을 하는 근처 미대생, 디자이너가 있으면, 업무 강도나 혹은 그에 비해 받는 복지 등이 너무나도 열악한 것을 보고 포기하는 경우도 있다. 하지만 그렇게 떨어져 나가는 학생들도 있는 반면 어떻게든 자신의 자리에서 우직하게 다양한 방법으로 꿈을 밀고 나가는 학생들이 있다.

나 또한 마찬가지다. 물론 남들처럼 비싼 돈을 불러세우거나 누군가가 나를 핍박하지는 않을지언정, 사회적으로, 또한, 스스로 불안정한 위치에 있고, 스스로 옥죄어 온다. 다만 내가 이걸 계속하는 이유는 마찬가지다. 위의 그들처럼, 그냥 내가 하고 싶어서 하는 것이다. 나의 꿈이 있어서다. 그런 이유말고 내가 또 다른, 사회적−윤리적 소명 따위가 필요한가?

3. 왜 이걸 하려고 했나

디자이너는 현대사회에서 소모인력으로 취급받고 있다. 이유로는 수요가 많은데, 공급이 수요보다 미세하게 조금 더 많기 때문이다. 그래서 디자이너는 단순 소모인력으로서 공장의 기계나 태엽처럼 대체인력이 많아 현대사회에서 노동량대비 좋은 취급을 받기 어렵다. 월급은 전 직업을 통틀어 가장 낮으며, 취업률도 저조하고 (공급과 수요가 언제나 일정한데, 공급이 미세하게 많으니), 복지가 저조하고, 그에 반해 노동량이 타 직종 대비 월등하게 많다.[*]

가장 큰 문제는 타 직종이 받는 만큼의 대우를 받지 못 한다는 것

---

[*] 한국의 직업전망지표, 2010.

이다. 어디에나 있어서 꼭 필요한 존재지만, 어디에나 있기에 그들의 처우는 좋은 편이 아니다. 물론 자신의 역량이나 능력에 따라 승진이나 진급이 빠른 편이긴 하나, 비슷한 직종대비 너무 낮은 워크-라이프 밸런스를 가지고 있다. 비슷한 직종인 '컴퓨터공학' 계열과 비교를 해보면, 고근무 고연봉이라는 코딩 계열과 달리 고근무 저연봉이라는 가장 최악의 근무 형태를 지니고 있다.

이와 같이 사람들의 직업에 대한 만족도가 상당히 떨어지게 된다. 내가 아는 디자이너가 한 분 있다. 뒤에도 서술되었다시피 N사에 입사하여, 신입 때부터 팀장을 달고 상당히 고액의 임금을 받으면서 재직 중이신 분이다. 그렇게 직장생활을 하면서도, 자신의 작업, 취미, 인간관계, 활동, 운동을 놓치는 것 없이 생활을 하고 계신다. 내가 그 사람을 보면서 머릿속에서 한마디가 탁하고 튀어나왔다. 조금만 더 정신을 놓고 있었으면 그 말이 입밖으로 나왔을지도 몰랐다.

"와, 진짜 멋지다."

정말로 멋진 사람이었다. 첫 번째로, 직업을 떠나 사람 자체가 멋졌다. 그냥 저런 사람이 되고 싶었다. 두 번째로, 그때의 '나는 내가 가려는 길이 이 길이 맞나…?'라고 생각을 하던 시기였을 때, 나에게 조금의 확신을 가지게 되는 계기가 되었다. 나는 디자이너를 사실 처음부터 100% 이 길로 가야 한다고 생각하지 않는다. 아니, 사실 지금도 100% 이 길이라고 생각하지는 않는다. 애초에 자신의 진로 혹은 직업을 100%의 신념을 가지고 가는 사람이 얼마나 있겠는가?

어떤 이들은 나에게 이렇게 묻는다.

"그거 사서 고생하는 거 아니냐? 왜 그걸 하는가?"

"그래도 이게 제일 재밌으니까 해요."

실제로도 주변 사람들이 '왜 이 길을 진로로 가지게 되었는가?'라고 물으면 하는 대답이다. 앞서 말했듯이 나는 영상이 좋고, 디자인이 좋고, 그래픽이나 미디어가 좋다. 내가 만든 작업물이 어디에 쓰이고, 영향을 끼치고, 나의 작업물이 영향을 발휘하고 인정받는 것 자체가 좋다.

다른 흥미 분야도 있지만, 디자인이 제일 좋다. 사회적이고 대대적으로 인정받는 디자이너가 되고 싶다. 어딘가의 부속처럼, 회사에서 소비되는 인력처럼 교체되고 싶지 않다. 내가 필요해지고 싶지, 내가 회사를 필요로 하지 않았으면 한다. 나는 명예욕도 있고, 권력욕도 있어서 내가 만족할 만한 위치에 있어야 한다고 생각한다.

어떤 한 분야에서 전문가로서 인정을 받는 것은 굉장히 중요한 일이고, 좋은 업적이 될 것이다. 하지만 모두가 그 분야에서 전문가로서 인정을 받고 좋은 위치에 있지는 못할 것이다. 그리고 좋은 위치에 있기 위해 사람들은 끊임없이 노력하고, 그 노력으로 끊임없이 경쟁을 할 것이다.

새롭게 디자인을 길로 삼으며 후회없이 노력하기로 다짐했다. 나의 학교에서 별명은 '노예'다. 나는 열정이 뛰어난 사람도 아니고, 그렇게 성실하지도 않다. 오히려 게으른 편에 가깝다. 하지만 나는 내가 일을 하고 있고, 그로 인해서 내가 발전하고 노력하고 있는 것이 좋고, 다음을 기대하게 된다, 내가 일을 하고, 내가 열정을 쏟아부으면서 무언가 활동을 할 때야말로 내가 살아 있음을 느낀다. 실제로 그런 결과를 이루어냈다.

나의 영향으로 세상을 변화하거나 영향을 주고 싶다. 그것이 나의 바람이자, 꿈이자, 희망이다. 지금껏 그래왔듯이 남들이 날 필요로 하는 존재가 되고 싶다. 디자인을 디자인만으로 끝나는 것이 아니라, 작품으로서, 단순한 글자 이상, 그 이상의 시청자에게 감동과

[2학년]

(자율활동) 기타) 교내 모의유엔 MUNID 방송스태프 총괄 및 기획팀장. 영상 디자인 담당
(자율활동) 기타) 미니코너 제작. 대학교 관련 입시정보 요약 포스터. 인스타 업로드용 디자인
(자율활동) 기타) 심화코너 제작. 미술 및 디자인 관련된 현대 디자인트렌드 관련된 심화 탐.
인스타 업로드 디자인
(자율활동) 기타) 맹자 책 읽고. 교육청 협업 디자이너와 관련된 내용으로 책 발매하기 출간
(자율활동) 진로탐색-체험) 미술탐구 겨울특강
(자율활동) 기타) 자율주제탐구(일명 자주탐) 진로 관련해서. 독서. 미디어시청. 발표. 토론.
서 각 분야별 발표 및 보고서 제작해서 활동. 자주탐 총팀장(교내 2학년 학생대표 12명중 .
대표)
(자율활동) 봉사) 플로깅 피켓 직접 디자인 및 제작 후. 봉사활동 함.

(진로활동) 진로탐색) 그래픽 디자이너에 관련된 직업 조사 및 발표. 실제로 네이버 종사자
명 및 대학생 2명 상대로 인터뷰 하여 ppt제작하고 발표.
(진로활동) 자율창작) 인스타에 개인작품 개인전시하여 교내 학우들이 관람.
(진로활동) 기타) 교내 잡지 등문서담 기획부 디자인팀 팀장으로 참여.
(진로활동) 기타) 교내 모의국회 YMPID에서 디자인 프레스로 활동
(진로활동) 기타) 교외 모의국회 MUND에서 헤드 프레스로 디자인 활동

2학년 생활이 녹아 있는 생활기록부 요약본

감명을 주고 싶다. 디자인을 단순한 그림 이상, 그냥 – 그렇구나.
이렇게 단순히 끝나는 감상이 아닌, 작품과 시청자가 교류를 느낄 수
있는 작품을 만들고 싶다. 그리고 이는 내가 추구해야 하는 디자이너
라는 생각을 확고하게 만들었다.

大人者, 不失其赤子之心者也.(이루 하편 12)
"맹자 말하기를 군자는 갓난애의 마음 같은 순수한 마음을 잃지 않아야 한다."

우리는 이처럼 내가 왜 하는지, 초심자였을 때, 디자인에서 갓난
아기였을 때, 시작했을 때의 초심을 잃지 않아야 한다. 내가 왜 하려
했는지 끝없이 상기해야 한다.

3장. 제3자가 바라보던 예술은

1. 난 단순히 이것이 좋았다

앞에서 말했듯이 모션그래픽 중 타이포그래피라는 것을 보고 나는 이 방향을 진로로 삼아야겠다고 생각했다.

이처럼 저마다 이 길을 택하게 된 계기가 있다. 나 같은 경우에는 어떤 작품을 보고 반해서 그런 꿈을 가지게 되었고, 어떤이들은 지인을 보고, 혹은 자신이 어렸을 때부터 예술을 좋아했을지도 모른다. 말로 설명하기는 힘들겠지만 마음속에 깊이 영감을 받았던 작품이나 작가가 있을 것이다.

우리가 이 일을 하게 되었을 때, 처음을 생각해 보자, 다른 과처럼 '나는 취직을 잘하려고 디자이너가 될 거야!'나, '나는 돈을 많이 벌려고 디자이너가 될 거야!'라던가, '엄청난 명예를 노리고 이 직업을 가질 거야.'라고 생각한 사람이 있을까? 아마도 없을 것이다. 각자 다양한 사연과 계기가 있겠지만, 적어도 미술을 하는 사람이라면, 디자인을 하는 사람이라면 마음에 담아두는 작품이나, 좋아하는 작업물이 있을 것이다.

우리의 시대에는 앞서 많은 미술가와 디자이너가 있어왔다. 심지어는 자신이 바라는 미래의 모습 혹은 롤모델이 더 이상 디자이너가 아니여도 된다. 음악가가 추구하는 예술적 가치가 자신이 바라는 예술적 가치와 비슷하여, 단순히 디자이너 외에도, 다양한 곳에서 자신이 바라는 디자이너로서의 가치나 지향점을 찾아볼 수 있다고 생각한다.

어떤 디자이너는 예술성을 추구할 수도 있고, 어떤 디자이너는 상업성을 추구할 수도, 어떤 디자인은 공업성을 추구할 수도, 아니면 이론적-학술적으로 완전한 디자인을 추구할 수도 있다. 각자의 추구하는 방향성이 다르고 실제로 대학교에서도 추구하는 형식의 디자인이 다르다.

인재상 홍익의 자유분방한 인재를 키운다.
디자인 관련 전공 디자인학부(시각 디자인·산업 디자인 전공), 금속 조형 디자인, 도예 유리, 목조형 가구, 섬유 미술·패션 디자인, 자율 전공
선발 인원 서울 300여 명, 조치원 400여 명
선발 방법 일반 전형, 입학사정관*(홍익미래인재, 홍익국제화) 전형 등 * 입학사정관 전형 : 수능과 내신 성적 외에, 미술 활동 보고서 및 학교 생활 기록부를 기반으로 서류에 기술된 내용의 진실성 및 객관성, 지원자의 소양 등을 종합적으로 평가하는 제도

인재상 좌·우뇌의 균형적 사고를 갖춘 창의적 인재를 키운다.
디자인 관련 전공 디자인학부(디자인·공예 전공)
선발 인원 특기자 전형 39명, 비실기 전형 6명(디자인학부)
선발 방법 기초 소양 실기 평가와 입학사정관제 전형을 통한 심층 평가·면접

출처: 홍익대학교(위), 서울대학교(아래) 홈페이지
– 대학마다 인재상이 다르다

각자가 바라는 방향성에 따라 바라는 디자인의 형태나 모습 등 또한 달라지기도 한다. 이런 방향성이 개인마다 더 섬세해지고 더 구체적이게 되면, 그것이 실제로 사람의 작업물이나 작품에 나타나게 되고 그것이 '화풍' 혹은 '작업스타일'이라고 하는 것이 된다.

規矩, 方員之至也; 聖人, 人倫之至也. 欲爲君盡君道, 欲爲臣盡臣道, 二者
皆法堯舜而已矣. 不以舜之所以事堯事君, 不敬其君者也; 不以堯之所以
治民治民, 賊其民者也. (이루 상편 2)

"콤파스와 직각자는 원형과 사각형의 지극함이고 성인은 인륜의 지극함이
다. 임금이 되고자 하면 임금의 도를 다하고 신하가 되려면 신하의 도를
다하니, 성인이 사람이 되는 도를 다하는 것과 같다."

맹자가 말하길, 콤파스와 직각자는 원형과 사각형의 본질이 된다
고 하였다. 즉, 디자이너는 디자인의 본질이 되고, 앞서 언급했듯,
많은 양의 디자인이 세상에는 존재한다. 예를 들어보자면 디자이너
중에 '뱅크시(banksy)'라는 디자이너가 존재한다.

현대 미술 작가이자 그는 현재 미술계에서 '무법자'라고 불릴 만큼
의 작업성을 자랑한다. 사진처럼 경매에 올라온 그림을 갈아버리기
도 하고, 한 동내 전체를 자신의 캔버스마냥 그림으로 덮어버리기도
한다. 하지만 그의 물질주의를 반대하는 미술사상과 달리 현실은 그
의 그림이 손이 닿은 곳이라면 가격이 몇 십배에서 몇 백배를 뛰는
수준의 가치를 증명하고 있다. 가치가 없는 예술을 하기 위한 예술작
품이 가치가 수준급이라니 아이러니 하지 않은가?

논점은 예술의 가격을 논하자는 게 아니다. 물질주의 가치 따위가
아닌, 응용예술이긴 하지만, 예술가라면 당연하게도 왜 이걸 했는
지도, 왜 이렇게 되었는지 사회에 굴복 당해서는 안되는 것이다. 돈
을 벌기 위해서 예술을 하지도, 굶주리기 위해서 예술을 하지도 않는
다. 하기는 예술가들의 영감이랬나? 그것이 예술가들의 목표는 아니
지 않은가?

우리는 각자의 디자인을 봐왔고, 그 디자인에 반해서 자신의 가치를 만들어간다. 어느 순간 '나는 이제 잘 모르겠어, 그냥 아무 곳이나 취업하고 싶어.'라고 생각하게 된다. 내가 여기서 하려는 말은, '너의 가치를 증명하기 위해, 일을 하지 말고 예술가로서 살라!'라는 말이 아니다. 일을 하더라도 내가 잘하거나 혹은 즐거워 해서 그 일을 하는 건지 어느 순간 본래의 목표를 잃었던 건 아닌지 다시 생각해 보라는 것이다. 우리가 그냥 취직을 위해서 이 진로를 잡은 게 아니지 않은가?

예전에 미대생 한 명과 이야기를 한 적이 있다.

"누나는 졸업하면 뭐할 거야?"

"5학년 하고… 취직하지 않을까? 취직이라도 되면 다행이지."

"원래 하던 영상일은?"

"그만해야지. 졸업 준비하고 취직하면 바빠서 못 해. 대학생활에 짬날 때 하던 것이었는걸."

"영상쪽으로 진로 가려던 것 아니었어?"

"맞긴 한데, 그쪽으로도 원서 넣어보려고. 근데 프리랜서는 못 해. 복학생이라 시간 많아서 그랬지. 이제는 아니고."

"슬프네."

"한국의 현실이다. 현수야. 너 미래야. 넌 너 하고 싶은 거 해."

"대학 입학할 때도 그런 생각했었어?"

"아니, 그때는 내가 프리랜서로 살 줄 알았지. 멋지진 않아도 영상 작업 하면서."

그 분이 졸업 직전에 나눴던 이야기였다. 최근에 다시 영상 작업을 시작하셨다. 그때 다시 물었다.

"취직한다면서."

"아냐. 일은 아직 하고 있어."

현실은 상상과는 달랐다.

2. 어제까지의 낙서가, 내일은 작품으로

우리는 다양한 미술품과 디자인을 접하면서 살아온다. 길을 가다 보면 모든 광고물과 전광판이 다 디자인이고, 공원을 지나가다 보이는 이상한 모양의 조형물도 미술품이다. 우리는 많은 미술품과 디자인을 주변에서 보게 된다. 심지어는 우리 학교 아래에도 미술품이 전시되어 있다.

우리 학교 1층에 전시된 미술작품,
바우하우스의 디자인 배형을 오마주한 듯하다.

이런 작품들을 보고 사람들은 단순히 얼핏, 그냥 스쳐 지나간다. '음 그렇구나.' 하고 생각하며, 지나가고 벽에 걸려 있는 그림에는 대부분은 관심이 없다. 이것은 단순히 예술품이며, 일반인들에게는 취미생활 정도에 불가하기 때문이다.

그렇다면 애플의 아이폰은 어떨까?

많은 사람들은 이 작품을 위해 몇 날 며칠을 고민하기도 하고, 저것은 어떨까? 이것은 어떨까? 비교를 하면서 실제로 이 작품의 실물을 보기 위해서 찾아가기도 한다.

'한낱 휴대폰이 무슨 작품인가?'

이렇게 생각할 수 있겠지만, 아니다. 디자인 작품은 우리에게서 멀리 떨어져 있지 않다. 세계와 문화가 급격히 발전하면서, 사람들의 시각적 만족감의 기대치는 훨씬 올라와있다. 같은 성능의 물건이라도 디자인이 더 좋고 더 선호하는 쪽으로 소비자들은 손을 돌리기 시작했다.

집 안의 인테리어에 다들 신경을 쓰기도 했고, 조금 더 자신과 어울리는 착장(옷)을 찾기도 했고, 더 이쁜 물건들을 수집하기도 한다. 과연 여기서 디자인은 우리에게 사치이며, 선택사항인가? 아니다. 우리는 전부 시각적으로 만족스럽고, 이쁘고, 마음에 드는 것을 산다. 이것은 디자인이며 미술품의 일부이다.

'예술은 예술로 남아야 한다.'라는 말도 옳다. 하지만 응용예술과인 '산업디자인'과 '공업디자인'이 존재한다. 실제로 모든 제품은 특허를 받거나, 출시를 하기 전에 '모델링'이라는 작업을 한다. 예를 들어, 드라이기, 소화기, 심지어는 소모용으로 사용되는 연필이나 필기구 마저도 모델링을 거친다. 이와 같은 과정은 디자인이며, 디자인이 곧 우리의 모든 주변 물체를 형성한다.

실제로 우리 주변에서 미술품, 누가 봐도 예술 작품이라고 하는 미술품을 보고 싶다면, 찾아볼 수 있다. 조금 노력이 필요하겠지만, 대구박물관이나 대구미술관을 방문 할 수도 있고, 그 조차도 번거롭고 불편하다면, 근처에 있는 대학교 졸업전시전을 찾아 볼 수도 있다. 그것 또한 번거롭다면, 근처에 있는 문화센터를 방문해도 좋고, 아니면 근처에 있는 공원에 조각상을 봐도 좋다. 거기서 보이는 작품들은 디자인이 아닌, 실제로 예술적인 예술품이다.

너무 물질적인 것만 봤으니, 그러면 조금 더 시각적인 접근을 해보자면, 유튜브를 보는가? 현 시대를 살고 있는 사람이라면 대다수의 사람들이 볼 것이다. 그 중에서도 뮤직비디오(MV)를 본 적이 있는가? 가수나 음악을 영상의 형태로 시각적으로 구현해 낸 것이다. 이 또한 디자인이다. 아니 정확히는 유튜브에서 보는 대부분의 영상은 디자인으로 이루어져 있을 것이다.

당신이 보는 유튜브와 광고, TV프로그램에 '편집요소'가 가미되어 있다면 그것 또한 디자인이라고 볼 수 있다. 디자인은 멀리 떨어져 있지 않다.

다양한 디자인이 함께 하는 거리

만약 디자이너를 꿈꾸는 사람이라면, 디자인은 멀리서 찾지 말아야 하고, '학습'하기보다 '관찰'해야 한다.

조금 진부한 말일 수도 있다.

길은 가까이에 있다. 그러나 사람들은 헛되이 먼 곳을 찾고 있다. 일은 해보면 쉬운 것이다. 시작을 하지 않고 미리 어렵게만 생각하고 있기 때문에 할 수 있는 일들을 놓쳐 버리는 것이다.

- 맹자의 격언

이와 같이 우리 멀리에서 디자인을 찾으려고 애쓰지 않아도 된다. 우리가 지내는 모든 것이 디자인이며, 디자인으로 이루어져 있다.

3. 내 생각을 마구잡이로 뱉어내며

고등학교를 들어오고 많은 작품을 만들었다. 지금 우리 반 교실 안에도 내 작품이 몇 개 붙여져 있다.

방송부에서 특히 많은 활동을 했는데, 본격적으로 활동을 시작했던 것은 작년(2020년도)에 했던 영상제 축제 시즌이었다. '영상제'이고 방송부에 전문적으로 영상과 디자인을 다룰 수 있는 사람이 나밖에 없다 보니 1학년인데도 불구하고, 사수(직속 선배)랑 나란히 총괄을 맡게 되었다. 굉장히 많은 일을 했었다. 포스터 제작, 홍보영상제작, 디자인 작업, 미팅, 등등. 첫 번째 업무는 추첨 이벤트 포스터 제작이었다.

학교 행사를 위해 만든 포스터

모든 포스터를 제작할 수 없었기에, 포스터 업무를 분배하여, 동아리 부원들의 포스터를 검수하는 역할도 했었다. 포스터를 여기저기 붙이면서, 영상제를 한다는 사실을 학생들에게 우선적으로 알리기 위해 옆에 '영상제' 자체를 홍보하는 포스터도 붙였었다. 이 포스터도 일이 밀리고 밀려 결국 내가 제작하게 되었다.

쉴 새도 없이 업무는 몰려왔고, 다음 업무는 '동아리별 홍보영상' 제작이었다. 그 부분에서 2개의 동아리와 인트로 부분 영상제작을 내가 맡게 되었으며, 인스타그램에 홍보하기 위한 역할로 제작한 것이었다. 당시에 참여하겠다는 동아리가 8개~12개나 되어서, 각 동아리마다의 영상을 제작하는데 시간이 많이 소모되고, 육체적으로도 많이 힘들었다. 특히 이 부분에서 많이 힘들었는데, 뒤에 서술할 타동아리와 협업 작업과 동시에 병행해야해서 진짜로 1달 동안은 하루 2~3시간만 잠을 자며, 영상제 준비에만 매달렸다.

물론 나만 그런 것은 아니고, 다른 편집팀에 속해 있는 친구들도 그랬기에 다음해에 영상제 축제는 우리가 맡지 않기로 학생회에 선포를 하는 계기가 되었다.

동시에 다른 동아리와 협업을 했었는데, 교내 연극동아리와 25분 가량의 영상을 촬영하는 협업을 진행하게 되었다. 영상의 길이가 길이인 만큼 진짜로 노력을 많이 했다. 분당 짧게 잡아서 1~2시간 영상 제작에만 8명이 붙어서 40시간 가까이를 편집에만 소요했던 경험이 있다. 정말로 뿌듯했던 경험이었다.

코로나의 영향으로 영상제는 2학년만 관람이 가능했어서, 1학년은 집에서만 관람해야 했었는데, 매우 아쉬웠던 기억이 있다.

1학년을 마무리하고, 2학년을 넘어갈 때 겨울방학-봄방학 사이에 방송부에 새로운 담당 선생님을 뵐 겸 부원 친구들끼리 모여서 회의를 한 적이 있다. 이때 나온 의견이 '우리도 다른 동아리처럼, 동아리 로고를 하나 만들어보자!'였다. 눈이 동그래졌다.

"아니, 로고를 만들어요? 누가?"

반사적으로 튀어나왔다. 당연하게도, 매우 슬프지만, 그 역할은 내가 맡게 되었다. 당일치기로 끝내보자는 욕심이 마음 깊은 곳에서 올라왔고, 방송부 친구들이랑 길고 긴 회의 끝에 로고를 만들었던 경험이 기억난다. 사실, 이게 내가 학교에서 직접적으로 만든 첫 번째 그래픽 디자인 작업이었고, 나의 능력이 어딘가에 영향을 발휘하고, 도움이 되었다는 것에 굉장히 기뻤다.

방송부 로고, 볼때마다 뿌듯하고 벅차다.

다음으로는 동아리 모집 포스터를 제작했다. 위의 로고도 사용해서 말이다. 우리가 2학년으로 올라가면서 3학년 선배들이 은퇴를 하시고, 1학년을 모집해야 했는데, 우리 동아리 부장이 임시적으로 포스터를 만들었다. 그 과정에서 방송부 신청이 저조해서, 포스터를 한 종류 더 제작하고, 홍보 방송을 하자는 이야기가 나왔는데, 그때 제작하게 된 것이 내 포스터였다.

　또한 동아리 홍보 영상을 제작하기도 했는데, 사실 우리 동아리 말고도 다른 동아리도 신청률이 저조해서, 전체적으로 동아리 홍보시간을 갖기로 했었다. 이때 '우리는 방송부 답게, 영상으로 승부 보자!'라고 이야기가 되어, 영상을 만들어 제작하게 되었다. '모션그래픽'이라는 기법을 사용했는데, 텍스트나 도형들을 이동하게 만듦으로써 그래픽적으로 화려함을 주는 기법이다. 이런 기법 자체가 영상의 퀄리티가 좋게 보이는 경우가 많고, 심플하여 효과적일 것이라 생각하여, 모션그래픽 기법을 활용해서 영상을 제작해서 홍보하게 되었다.

　다행히 홍보 후에, 동아리 신청인원이 늘어서, 서류심사와 면접을 통해 경쟁률 3:1 정도로 인원을 선발하게 되었다. 이때 내가 만든 디자인이 실무에서 영향을 끼치고, 효과적으로 사용될 수 있음을 깨닫고 점점 '디자이너'라는 진로를 더 확고히 하게 되는 계기가 되었다. '아 나는 이게 즐겁구나!'라는 생각을 다시 하게 되는 계기였다. 방송부라는 특성상 '교내 점심 방송', '홍보 방송' 등 다양한 활동들이 많았다. 즐거우면서도 고단한 날들이 이어졌다.

　그렇게 2학년의 중간고사를 치르고 점심시간에 나른하게 복도를 돌아다닐 때, 어떤 처음보는 학생이 말을 걸었다.

　"너가 이현수야?"

"응, 맞는데? 왜? 무슨 일이야?"

"아, 나는 교내 인문사회탐구동아리 부장인데, 우리 학교에서 영상편집을 너가 가장 잘 한다고 해서, 뭐 부탁 좀 하려고."

다름이 아니라, 교내에서 진행하는 모의유엔 'MUNID'에서 방송 스태프 팀장을 맡아달라는 것이었다. 모의유엔과 관련해서 추억도 남기고, 여러 가지 영상작업이 필요한데, 나의 도움이 필요하단 것이었다. 우리 방송부 동아리 부원들이랑 함께하면 좋을 것 같다는 생각에, 몇 가지 조건이 충족되면 하겠다고 했다.

상대측에서는 당연하다는 듯이 수긍했고, 나도 기쁘게 그 역할을 수락했다. 모의유엔에서 첫 번째로 나에게 부탁한 것은 의원 모집 홍보 영상이다. 의원 모집에 지원하는 인원이 너무 부족해서 홍보를 좀 하겠다는 것이다. 이야기를 들어보니 짧은 영상이 필요해서, 나 혼자면 충분히 가능하겠다고 생각해서, 방학 중에 친구들을 부르기에는 너무 미안하고 그래서, 사무총장(부장) 친구와 1:1로 기획, 회의, 컨펌을 거쳐서 영상을 제작하기로 했다.

결국 이번에도 내가 자신 있는 모션 그래픽을 활용하기로 했고, 몇 번의 수정이 있을 것이라고 생각했던 것과는 달리, 초안 자체로 영상이 OK가 나서, 바로 한 번에 영상을 완성하게 되었다. 그리고 그 영상은 지금 교내 모의유엔 네이버 카페 대문에 제일 크게 홍보용으로 붙어 있다.

그리고 이 기간쯤, 교내 모의국회 YMPID의 '디자인 프레스(Design Press)' 모집 공고문이 올라왔다. 지원서와 포트폴리오를 작성해서 냈고, 담당하는 친구에게서 '너 지원서랑 포트폴리오 너무 멋지게 냈다.'라고 이야기를 들었다. 그리고 결과는 당당히 합격이었다.

이런 활동 중에 '공동교육과정'을 병행했다. '공동교육과정'은 타학

대구 지역 학생들이 가입한 카페의 메인에 걸린 홍보 영상

교에 가서 우리 학교에 개설되지 않은 과목을 수강하는 것이다. '디자인 일반'과 '미술창작' 수업을 수강했다. 디자인 일반 수업에서 기초적인 색채학과 조형에 대해서 배웠고, 그것을 응용하여, 로고타입과 기초조형을 활용한 로고 제작, 바우하우스 등을 활용해서 학습하는 디자인의 역사, 캐릭터 일러스트 제작, 건축물 모형 디자인 및 실습 제작 등을 배웠다.

이때 배운, 기초조형과 색체학, 로고제작 방법등은 후에도 내가 작업할 때 많은 도움이 되었다. 실제로 교내 활동에서 ppt제작이나, 디자인을 활용한 발표, 영상제작 수행평가, 교내 대회 등에서 사용했으며, 내가 이 수업을 듣길 잘했다고 생각하는 계기가 되었다.

'미술창작' 수업에서는, 조금 더 디자인보다는 미술의 기초적인 부분에 대해서 학습하였다. 소묘, 기초디자인, 색의 조합(실제 물감) 등을 배웠고, 미술사, 현대미술작가에 대한 발표 등에 대해서 배우는 계기가 되었다.

작년에 다른 학교로 가신 선생님이 우리 학교에 '소인수과정'이라는 것을 개설해서 만들어 주셨는데, 이 수업이 후에 진학하기를 지망하는 대학교에 가기 위해서는 필수로 수강해야 하는 과목임을 알고 나서는 굉장히 감사한 마음이 들었다.

2학기에도, 2과목의 공동교육과정을 이수해서, 관련된 학습을 끊임없이 계속하고 있다.

이처럼 고등학교에서 내가 할 수 있는 모든 디자인 관련 활동은 전부 하려고 노력 중이다. 나는 대부분의 교내 활동에 참여하며, '활동에 미친 사람', '생기부 천재', '생기부 변태' 등으로 친구들에게 불리운다. 내가 좋아해서 하는 활동인 만큼 고등학교를 졸업하고 뒤돌아봤을 때, 후회가 없었으면 좋겠다.

亦爲之而已矣.(고자 하편 2)

"또한, 실천하는 것 뿐이다."

잘 모르겠을 때, 이게 맞나 의심이 들 때, 그 의심을 해결할 수 있는 방법은, 맹자의 말대로, 디자이너의 자질인 워커홀릭처럼 그냥 열심히 하는 것 뿐이었다.

디자인이라는 것은 기본적으로는 개인작업에 기반을 두는 활동이지만 팀워크에도 기반을 두기 때문에, 다툼이 없을래야 없을 수가 없다.

앞서 말했던 활동에서도 의견충돌이나 다툼이 있었다. 교내 영상제 축제를 준비할 때, 디자인 검수를 담당했는데, 디자인 작업을 내가 전부 할 수 없다 보니, 여러 명에게 역할을 분배했었다. 그때 특히 한 친구가 주어진 역할을 굉장히 성의가 없게 하고, 디자인 작업을 정말로 사진에다가 글자만 박은 형식으로 대충 만든 경우가 있었다. 이때 그 친구에게 따끔하게 말하지 못하고 좋게 대화하면서 회유를 했었는데, 끝까지 친구의 태도가 변하지 않아 골머리를 썩은 적이 있었다.

그런가 하면 동아리 영상제를 준비할 때, 연극동아리랑 협업을 할 때, 연출을 맡은 연극동아리의 2학년들이 불만을 가지고 우리에게 날카로운 말투로 화를 냈던 적이 있었다.

'우리는 왜 여기 있는 거냐.'

'기다리면서 말도 못하냐.'

'이럴 거면 집에나 보내줘라.'

연출 특성상 담당 업무가 아닐 때, 대기를 해야 하는 시간이 장시간 존재하는데, 그 기간 동안 대화를 하니 촬영 NG는 여러 번 나고, 진전은 없으니, 나한테도 매우 힘든 기간이었다. 거기서도 자신들이 내로남불식으로 저러니 서러움이 폭발했다. 나도 모르게 감정이 차올랐다.

"이럴 거면 그냥 오늘 전부 귀가하고 내일 마저 촬영합시다. 죄송

합니다.”

그렇게 강제적으로 해산을 하고 나서, 집에 가서 몇 시간을 울었다. 정말로 아무것도 못하고, 울기만 했다.

이렇게 끝나면 다행이지만, 편집과정에서 문제가 생겼다. 방송부 내 편집인원 수가 너무 저조해서, 연극동아리에서 편집지원 인원을 끌어오게 되었는데, 내 말을 하나도 듣지도 않고, 카톡 답장을 읽고 무시했으며 기간 내에 제출 또한 하지 않았다.

카톡을 무시하는 것은 너무하지 않느냐며, 간단한 답장 정도는 부탁한다고 예의를 갖추어 연락했다. 돌아온 답장이 가슴을 찔렀다.

‘우리도 학원이 있고, 일정이 있는데, 그렇게 말하면 너무 이기적인 것 아닌가요? 우리도 바쁩니다.’

心不若人，則不知惡，此之謂不知類也.(고자 상편 12)
“마음이 다른 사람들과 같지 않다 해도 그것을 싫어할 줄 모른다. 이것을 일의 중요도를 모른다고 한다.”

카톡은 이틀에 한 번 보냈었고, 단지 답장만을 바랐던 경우인데도, 이렇게 답장이 오니 말도 못하고 서러웠다. 내가 이렇게까지 리더십이 부족한가 성찰을 하고, 내가 하는 활동이 이게 맞는가 하는 회의감이 들었다.

결국 동아리에서 리더십이 있고 강경하게 하는 친구가 와서 도와주어서 겨우 마감일자에 맞춰서 편집이 끝나게 되었고, 이 일을 이후로, 타 동아리와의 협업이 방송부 내에서 암묵적으로 꺼려지는 분위기가 되어버렸다.

2학년이 되고 나서도 다툼은 많았다. 동아리 내에서 업무량에 관한 다툼도 있었고, 디자인과 영상편집의 고충은 이해해 주지 않은 채, '너희는 전문가니까.'라는 식으로 우리의 입장은 고려조차도 안 해주는 일은 예사였다. 디자인과 영상편집 자체를 무시하고 일꾼처럼 부려먹기만 하기도 했다.

팀 플레이를 하다 보면 당연히 충돌이야 생기겠지만, 디자인 업계는 직접적인 컨펌을 받다 보니 충돌이 강하게 생긴다. 클라이언트가 말도 안되는 업무를 지시할 수도 있고, 본인의 가치관과도 맞지 않는 경우가 빈번하게 발생할 수도 있다.

다만 이럴 때 너무 강경하게 대처해서도 안되고, 너무 물렁하게만 대처해서도 안된다. '융통성' 그리고 '주관'이 필요하다. 디자이너는 '응용예술'을 하는 사람이다. 예술가는 자신의 생각과 가치관, 주관, 뜻을 가지고 활동하는 사람이다. 디자이너도 어떻게 보면 예술가이다. 하지만 이전에 우리는 한 사회에 살아가는 구성원이다. 단순히 자신의 고집만 부리는 것은 유아나 어린이들이 하는 짓이다.

'융통성'과 '주관' 그 사이의 밸런스를 잡는 건 어렵겠지만, 그렇다고 하나만 밀고 가거나 이도저도 아니게 되어 버리면, 오히려 자신이 상처받고 자신이 망하는 계기가 될 수도 있다. 이런 과정은 디자이너의 필수 소양이라고 생각된다. 착각을 하는 경우가 존재하는데, '고집'이 아니고 '배려를 갖춘 주관과 신념'이 필요하다.

4장. 정답을 찾고 싶었다 - 질문을 하며

1. 인터뷰

디자이너라고 하면 어떤 생각이 드는가?

'일은 많지만, 돈은 적게 버는 직업.'

디자이너의 수식어들은 많지만, 어떻다고 정의하기는 힘들다. 사실 디자이너가 되기 위한 사람들의 시초는 매우 간단한 것에서부터 시작된다. 그냥 단순히 그림을 그리고 싶었거나, 자신의 이야기를 내뱉고 싶었거나, 영상을 만드는 사람이 멋졌거나 혹은 영상을 만드는 사람이 되고 싶었거나.

나는 유튜브나 주변인들이 만든 영상과 그래픽작업을 보고 꿈꾸게 되었다. 그냥 좋았고, 그런 것을 만들고 싶었고, 조금 더 내 능력으로 인정받고 싶었던 것이었다.

언젠가 진로가 막막했을 때 미대를 다니는 지인과 나누었던 이야기를 인터뷰 형식으로 정리해 본다.

Q1) 고등학교에서 생각하던 디자인과 지금은 어떻게 다르나요?

A1) 고등학교 때는 대학을 잘 가야 한다는 생각이 깊게 박혀 있었던 것 같아요. 서울이나 유명한 학교가 아니라면 나중에 사회에 나가게 되었을 때 취업이 안될 거라는 생각에 미대를 가는 게 맞나 하는 걱정도 했던 기억이 납니다. 하지만 대학에서 수업을 들어보니 생각보다 디자인을 배워 도전해 볼 수 있는 영역이 많아 놀랐습니다. 고등학교 시절 봐왔던 미대는 많은 노력을 하고 보상받지 못한다는 느낌이었는데 대학에 들어와서 보니 노력한 만큼 결과를 낼 수 있는 것 같다는 생각이 듭니다.

Q2) 디자이너를 꿈꾸게 된 계기가 궁금합니다. 그런 계기를 위해 따로 활동하는 것이 있나요?

A2) 제가 미술에 관심을 가진 것에 대해 이야기하자니 조금 부끄럽습니다만, 초등학교 1학년 때 처음으로 사귀었던 친구가 그림 그리는 게 너무 멋있어 보여서 단순 호기심으로 시작하게 되었습니다. 아동미술학원을 다녔으나 흥미가 떨어져 중간에 그만두었어요. 한창 꿈을 찾을 나이인 중학생이 되어서야 '난 미술할 때가 제일 즐겁구나.'라는 걸 느끼게 되어 부모님께 말씀드렸습니다. 그 뒤에도 애니메이션이나 영화, 전시회 보는 취미가 있어 고등학교때까지 쭉 꿈을 이어왔었어요.

Q3) 미술(디자인)의 길은 본인이 선택하셨나요?

A3) 3번 질문 대답과 비슷하게 나올 것 같네요. 미술의 길은 제가 선택했습니다. 부모님은 저에게 뭘 하라고 강요하지 않으셨거

든요. 제가 배우고 싶다는 건 뭐든 하게 해주셨어요. 그 도움이 컸던 것 같습니다.

Q4) 대학 이후의 계획은요?
A4) 아직 확실하지는 않지만, 취직 혹은 유학을 계획중입니다.

디자이너는 우리와 많이 다르지 않다. 대부분의 사람들이 현대미술을 감각적으로 이해하지 못 하는 사람이 많듯이, 디자이너(미대생)들도 우리와 크게 다르지는 않다. 다만 현대미술에 대해서 조금 더 공부를 한 사람, 그런 것이다. 컴퓨터공학과가 코딩에 대해서 다른 분야의 사람들보다 더 공부를 하듯이, 비슷한 맥락이다.

다만 이 길을 본인이 원해서 선택했고, 취업이나 사회적 지위를 노리고 선택한 것은 아니다. 전부 거창하고 예술적인 그런 사람은 아니고, 길거리에서 똑같이 옷을 입고 길을 걸어가는 많은 대중들 중 하나이다. 다만 그 대중들에게 직접적으로 자신의 능력을 보여주는 사람들일 뿐이다.

어느 직업이나 멋진 꿈이나 야망을 가진 사람이 있듯이, 그런 사람들은 디자인 업계에도 있고, 그리고 나도 그런 사람이 되고 싶은 것뿐이다. 나도 디자인계를 꿈으로 삼고 있지만, 사실 어느 정도 방황하고, 앞서 말했듯이 이 길을 100% 믿는 것은 아니다. 조금의 선택지를 줄이고 나니, 이 길이 남았다. 나는 몇 년 뒤에, 어떤 모습일지 모르겠지만, 적어도 후회가 없는 '멋진 사람'이 되고 싶다.

멋진 사람을 넘어, '내 생각으로 세계에 영향을 끼치는 사람이 되고 싶다.' [디자인은 디자인]에 수록되어 있는 하라켄야가 소금호수에서 찍은 영상과 사진을 봤다. 지평선 넘어서 가득히 혼자 있는 사람은 그냥 하나의 점을 찍어놓은 것만 같았다. 하지만 그런 미약하고도 가소로운 인간들은 전세계를 바꿔넣고 영향력을 실천하고 다닌다. 나도 그 반열에 오르는 사람이 되고 싶다.

伯夷, 目不視惡色, 耳不聽惡聲。非其君不事, 非其民不使。治則進, 亂則退。橫政之所出, 橫民之所止, 不忍居也. (만장 하편 1)
"백이는 눈으로 나쁜 색을 보지 않았고 귀로는 나쁜 소리를 듣지 않았으며 섬길 만한 임금이 아니면 섬기지 않았고 다스릴 만한 백성이 아니면 일 시키지 않았다."

백이의 예시이다. 맹자는 백이를 이렇게 조금 부정적이게 평가했을지언정, 디자이너는 맹자 입장에서 더 부정적이어야 한다. 디자이너는 고집 있어야 하고, 주관적이어야 하며, 안 맞으면 일찍이 버릴 줄도 알아야 한다.

디자인이라는 직종 자체도 모든 디자이너는 고집대로 선택했다. 어떻게 보면 이기적인 선택일 수도 있고, 가장 비효율적인, 즉 가성비가 나쁜 선택일 수도 있다. 다만 그들은 다들 지향하는 부분이 있을 것이다.

그렇다면 나는 과연 디자인을 통해 무엇을 하고 싶은가?

2 나와 디자이너의 직업소명

요즘은 좀 나아졌을지언정 사회에서 감정은 숨겨야 한다. 행복해야 하고, 우울함은 언제나 문제였다. 어떤 웹툰에서 있는 무조건 행복해야 하는, 우울과 슬픔은 범죄인 세상에서 행복칩을 끼고 있는 사람들처럼, TV쇼와 세상은 우리에게 미소짓는 세상을 강요한다.

나는 이런 세상이 싫다. 우울함과 세상에 문제를 지적하는 사람들, 총대를 잡고 나서는 사람들은 언제나 예술가들이었다. 예시를 몇 개 들어보자면, 래퍼 '우원재'와 '빈첸'을 아는가? 그들은 우울증을 소재로 음악을 만든다. 그들이 대중에 공개되고 처음 반응은 '사회가 망하려고 한다.', '너희 때문에 젊은 아이들이 우울해진다.', '너 때문에 우리 아이가 자해를 한다.' 등의 말도 안되는 소리였다. 영화를 보자면, 대중적으로 성공한 영화 '기생충'을 보았는가? 왜 그들이 성공했겠는가, 적나라한 빈곤층의 모습을, 사회에 직설적으로 내뱉은 것이 충격으로 다가온 것이 이유가 아니었을까?

나는 사람들이 감정적이면 좋겠다. 미적인 기준은 언제나 변화한다. 그래서 얼마나 아름다운가는 가장 처음에 직면해야 하는 숙제지만, 사실 아름다움보다는 예술가, 디자이너는 안의 내용을 더 중시해야 한다고 생각한다. 아는 인강강사의 말을 빌려오자면,

"인간의 미에 대한 인식은 시대와 공간에 따라서 다르게 규정이 됩니다. 한 마디로 이쁘다라는 현상은 그 당대의 시대적 의미망에 의해서 가변적이라고 볼 수 있죠. 특히 '미'라는 것은 인간의 주관적 판단이 개입될 수밖에 없는데요. 칸트는 이러한 미조차도 인간의 인식에 의해 주조된 미라고 말을 합니다. ~ 학생의 주관적 인식이 저의 외양(PHENOMENON)에 시대적인 의미를 부여한 결과라고 보이네요."

그렇다. 단순히 아름다움은 시대가 변하면 기준이 바뀔 수 있다.

실제로 비너스석상의 모습은 시대에 따라 바뀌지 않는가? 그렇기에 예술가들은 단순히 아름다움을 추구할 것이 아니라, 작품을 통해서 세상을 변화시키고, 자신의 생각을 작품에 발현할 수 있어야 하며, 더 이상을 꿈꿔야 한다고 생각한다.

나는 그런 예술가가 되고 싶다. 다들 가지고 있는 직업이나 꿈이 단순히 취직을 위해서가 아닌, 사회적으로 혹은 개인적으로 자신의 신념과 소명을 다하여, 그것이 닿을 수 있었으면 좋겠다.

5. 글을 마치며

모두 각자의 고충이 있을 것이다. 디자이너를 꿈꾸지 않더라도, 각각의 고충이 있을 것이고, 힘든 삶을 겪을 것이다.

'디자이너'를 꿈꾼다면 이 글에서 얻어가는 것이나, 이 글을 읽으면서 한탄을 해도 좋고, 다른 진로, 혹은 다른 길을 걸어간다면 '나도 힘든데, 쟤네도 힘들구나.'라며 같이 한탄하면서 위로를 나누어도 좋다. 우리는 한국이라는 사회에서 불안정한 길을 걸어가고, 가끔은 과거를 돌아보면서 힘듦을 느끼기도, 그 힘듦 사이에서 행복을 찾기도 한다.

우리는 인생의 다음 챕터를 향해 가고 있고, 그 챕터를 뒤로 넘기는 것은 불가능하다. 다만 챕터의 회상록을 떠올릴 때, 후회없이 미련을 안 남기고 살아가기를 바란다.

不仁者可與言哉, 安其危而利其菑, 樂其所以亡者. (이루 상편 8)
"어질지 않은 자와 어찌 함께 말하겠는가? 그들은 위태로운 상황을 오히려 편안하게 여기고 자신의 재앙을 이롭게 여기며 스스로 망할 일을 좋아한다."

우리는 많이 힘들 것이다. 그것이 달콤한 재앙이 될지라도 이겨내야 한다. 인생이라는 책의 다음 챕터에 한 점을 찍자.

글을 마치며.

맹자로 본 UN 통역사

김나영

about 김나영

지금으로부터 17년 전 부산에서 태어나 현재 대구에 살며 동문고등학교 2학년 재학 중이다. 여행 다니며 사진 찍고 그곳의 음식을 먹는 것을 좋아하지만 고등학생 신분인데다 코로나 19로 집-학교-학원-집이라는 생활 패턴을 유지한 지 2년째다. 고3이 되기 전 마지막 겨울 방학인 올해 겨울에는 꼭 친구들과 타 지역에 여행을 가 추억을 쌓겠다는 부푼 기대를 안고 있다. 성인이 되어서는 틈틈이 여행을 다녀 죽기 전에 꼭 전 세계를 둘러보는 것이 꿈이다. 언어에도 관심이 많지만 세상 돌아가는 일에도 관심이 많아 독어독문학과와 정치외교학과 복수전공 하는 것을 하나의 목표로 잡았다.

- 차 례 -

프롤로그. 맹자의 눈으로 보는 21세기

1. 왜 하필 UN 통역사일까?

何以異於人哉? 堯舜與人同耳. (이루 하편 32)

"어찌 남들과 다르겠소? 요순과 같은 성인도 보통 사람과 같을 뿐인데요."

맹자는 요순과 같은 덕망 높은 사람들 또한 인간일 뿐이라고 말한다. 그저 꾸준히 노력한다면 그들처럼 될 수 있다는 것이다. 물론 맹자는 공자를 존경했지만 그에게 있어서 요순 또한 워너비가 아니었을까?

나에게 통역사, 특히 UN에서 일하는 통역사는 맹자에게 있어서 요순이라는 존재의 의미와 비슷하다고 할 수 있다. 코로나19로 인해 기존의 꿈을 포기하고 '난 뭘 해야 하지?' 하는 고민에 빠져 있었다. 그때, 상담 선생님의

"나영아, 그럼 UN 통역사는 어때?"

라는 말로 나는 다시 'UN 통역사'라는 꿈을 꾸게 되었다.

글로벌 시대에 통역사를 필요로 하는 많고 많은 기관 중에서 왜 하

필 UN이라는 곳에 매료되었을까? 아마 맹자가 요순을 존경하는 이유와 비슷할 것 같다. 맹자는 요순이 중용의 덕 등 자신이 주장한 바를 가장 잘 실천했으며 나라 또한 잘 다스렸던 큰 인물들이기에 워너비로 삼았을 것이다.

나 또한 UN이 국제기구로서 통역사가 설 수 있는 가장 큰 자리이자, 그 역할이 잘 부각되는 곳이기에 UN 통역사에 존경심을 느끼고 한편으론 경외심도 느꼈다. 하지만 맹자의 말처럼 그 대단한 요순도 사람일 뿐이라 누구든 노력만 한다면 그들과 같은 사람이 될 수 있다.

그런데 UN이라고 다를까? UN 또한 사람이 창설해 사람이 일하는 곳인데 멋있음을 느끼다 못해 조금의 두려움까지 느끼지는 않아도 된다는 것이다. 요순에 대한 맹자의 생각은 내 꿈을 보다 더 단단하게 만들었다.

2. 어떤 세상이 되어야 할까

中也養不中, 才也養不才, 故人樂有賢父兄也. 如中也棄不中, 才也棄不才, 則賢不肖之相去, 其間不能以寸. (이루 하편 7)
"중용의 덕을 지닌 사람은 그렇지 못한 사람을 길러주고 재능을 지닌 사람은 그렇지 못한 사람을 길러주므로, 사람들은 현명한 원로가 있는 것을 즐겁게 여긴다. 만일 중용의 덕을 지닌 사람이 그렇지 못한 사람을 내버려 두고 재능을 지닌 사람이 그렇지 못한 사람을 내버려 둔다면, 잘난 사람과 못난 사람과의 거리는 한 치도 되지 않게 가까워지고 말 것이다."

"어떤 세상을 만들고 싶나요?"

라는 질문에 맹자는

"외면당하는 사람이 없는 세상을 만들고 싶습니다."

라는 답을 할 것이다. 맹자가 말한 중용이 고정된 가운데가 아닌 지나치거나 모자라지 않은, 어느 한 편으로 치우치지 않는 것을 의미한다. 중용의 덕을 강조하며 이를 가진 사람은 그렇지 못한 사람을 이끌어줘야 한다고 했던 맹자이기에 이런 짐작을 해본다.

학생의 신분인지라 UN의 속사정까지는 모르겠다. 하지만 긴 시간 UN에서 일해 온 장 지글러의 책들을 보았을 때, UN도 창설된 목적에 맞게 외면당하는 사람이 적어지도록 노력하고 있는 것 같다.

더 나은 상황에 있는 사람들이 그렇지 못한 사람들을 이끌어 주어야 한다는 맹자의 말을 UN은 꽤 잘 실천하고 있는 것 같다. 사실 아직까지는 '파레토' 법칙을 뒷받침하듯 아무리 지원을 해준다 한들 소수의 상류층이 차지하고 남은 몫을 대다수의 국민들이 나누어 가지고 있는 실정이다. 그마저도 없다면 국민들의 삶은 더 피폐해질 것을 UN은 알고 있기에 선진국에 거짓말까지 해가며 지원을 이끌어내고 있다. (거짓말이 좋은 행위라는 것은 아니다.)

맹자가 원했고, UN이 이루려 노력하는 외면당하는 사람이 없는 세상을 나 또한 원하고 있다. 이렇듯 얼핏 보기엔 아무 상관없어 보이지만 맹자와 나와 UN은 비슷한 세계관이라는 공통점이 있는 듯하다.

1장. UN 통역사가 되려면

1. UN 통역사가 무지하다면?

博學而詳說之, 將以反說約也. (이루 하편 15)
"폭넓게 배우고 자세하게 설명하는 까닭은 장차 핵심적인 요점을 말하는 것
으로 되돌아오기 위해서이다."

윤리와 사상이나 생활과 윤리 과목 문제집을 풀다 보면 어떤 사상
가가 주장한 바에 대한 설명을 읽고 그 사상가에 대한 옳은 사실을
찾는 문제가 계속 반복됨을 알 수 있다. 지문에서 설명하는 사상가와
그 사상가의 핵심적인 내용만 안다면 이런 유형의 문제는 거의 맞힐
수 있다.

시험기간, 하루에 공부한 양에만 집착하며 핵심을 파악하지 않은
채 줄만 그으며 공부하는 것은 아무 도움이 되지 않는다는 사실을 우
리는 이미 알고 있다. 맹자는 바로 이런 부분을 이야기한 것이다.

물론 공부한 양, 범위도 중요하다. 하지만 다양한 지식을 쌓기 위

해 모든 내용을 받아들이려 한다면 목적과 달리 머릿속에서 그 내용들이 뒤죽박죽이 될 것이다. 어쩌면 머릿속에 넣는 과정에서 어려움을 겪을지도 모른다. 다양한 분야에 대해 공부하되, 핵심을 찾을 수 있도록 토론 등의 과정을 거쳐 보다 넓은 범위의 지식과 사고 능력을 갖추라는 것이 바로 맹자가 말한 바이다.

국제회의에 참여하는 UN 통역사에게 폭넓은 지식 겸비는 필수이다. UN 홈페이지에서 확인할 수 있듯 산하기구를 제외하더라도 자체적으로 다루는 주제들이 많다. 당연히 UN에서 주최하는 회의에서도 다양한 주제를 다룰 것이고 특히 세계적으로 새롭게 대두되는 문제에 대해 다루기도 할 것이다.

이때 회의에서 다루는 주제에 대해 지식이 완전히 없거나 사전 공부가 부족해 핵심을 제대로 파악하지 못하는 통역사라면 5시간 내내 "음… 어….", "죄송한데 다시 한 번만 더 말씀해 주시겠어요?"와 같은 말들만 반복하며 5시간 동안 꿔다놓은 보따리가 되어야 할지도 모른다.

2021 문제인 대통령 신년 기자회견 영상

2021 문제인 대통령 신년 기자회견 영상이 끝나갈 때 즈음 한 외신 기자가 질문을 한다. 하지만 마스크 때문에 발음을 제대로 알아들을 수 없었던 탓에 통역사는 수차례 되묻기를 반복한 후에야 문제의 단어가 '재벌 개혁'이었음을 알고 통역을 할 수 있었다.

이에 '통역사 뭐하냐.' 등의 댓글이 달린 것을 확인할 수 있었다. 이 영상 속에서는 발음이 주된 원인이었지만 만일 'chaebol'을 알아들었더라도 경제 분야에 대한 지식이 없었다면 제대로 된 통역이 가능했을까?

맹자가 말한 대로 학문을 함에 있어서 폭넓게 배우고 토론과 강설하는 과정을 거친다면 다양한 주제의 회의에서도 당황하지 않고 잘 대처할 수 있을 것이다. 그 후 폭넓은 지식을 바탕으로 핵심 원리를 이끌어낸다면 회의에서 사람들이 나누는 대화를 더 깊이 이해하고 더 나은 통역을 할 수 있을 것이다.

2. 5시간짜리 집중력

雖有智慧, 不如乘勢; 雖有鎡基, 不如待時. (공손추 상편 1)
"출중한 지혜를 갖는 것보다 유리한 기회를 잡는 것이 낫고, 좋은 농기구를 갖는 것보다 적절한 농사철을 기다리는 것이 낫다."

맹자는 보통 노력을 한다면 어떤 목적을 달성할 수 있다는 입장을 취해왔다. 하지만 이 구절에서만큼은 조금 달랐다. 출중한 지혜를 얻기 위해서는 많은 노력이 요구되고, 노력을 하더라도 쉽게 얻을 수 있다는 보장이 없다. 농사 또한 마찬가지이다. 좋은 농기구를 가지기 위해선 좋은 재료나 많은 돈이 필요하지만 적절한 농사철은 인내하며 때를 잘 노리면 되기에 비교적 쉽다.

국제회의에서는 다양한 주제를 다뤄 그만큼의 지식을 겸비하기를 요구할 뿐만 아니라 집중력 또한 요구한다. 개회식, 폐회식을 포함해 장장 7시간 동안 회의가 진행되기에 순수하게 통역만 하는 시간도 5시간으로 길다.

집중력만 있다면 다양한 분야의 지식을 쌓지 않아도 된다고 말하고 싶지만 그건 있을 수 없는 일이다. 다만 5시간 동안 최상의 집중력을 발휘할 수 있다면 배경지식이 조금 부족해도 회의 흐름을 파악한 바를 통해 어느 정도 수준의 통역을 유지할 수 있을 것이다.

이 문제는 개인차가 있을 수 있지만 적어도 나에게는 꽤 잘 먹혔다. (정말 기본적인 대화만 했기에 그랬던 것일 가능성이 크다.) 중학교 3학년 때 다녀온 독일 여행에서 같이 가신 선생님이 안 계시는 상황을 마주하면 현지인들과 소통해야 한다는 사실에 부담을 느꼈다.

특히 동생들과 같이 간 여행이었기에 '내가 현지인들과 의사소통을 해야 해.'라는 의무감을 느꼈다. 이런 상황을 직면할 때마다 '제발 이번이 마지막이기를!' 하는 바람을 가졌다. 하지만 내가 통역사 체험을 할 기회는 꽤 자주 찾아왔고, 아는 단어 하나라도 더 듣기 위해 내가 할 수 있는 최대한 집중력을 발휘했다.

알프스에 위치한 작은 도시에서의 일이다. 우리는 숙소 근처 수영장에 가기로 했고 선생님께서는 수영장 티켓 문제를 해결해 주시고 돌아가셨다. 그 후 나보다 옷을 먼저 갈아입은 동생들이 먼저 수영장으로 향했지만 어째서인지 몇 분 후 내가 들어갔을 때까지 직원한테 붙잡혀 물속에 들어가지 못하고 있었다. 한 친구가 뒤늦게 온 나를 보고선 말했다.

"우리 못 들어간대."

그 직원에게 왜 못 들어가는지 물었더니 래시가드를 입을 수 없다는 것이었다. 내가 잘못 알아들은 걸까 재차 확인했지만 같은 답이 돌아올 뿐이었다. 티켓 값이 꽤 비싸 아깝긴 했지만 비키니를 입고 싶지 않았던 나는 숙소로 돌아갈 수밖에 없었다.

그 일이 있고서 몇 시간도 채 지나지 않아서였다. 숙소 체크아웃을 해야 할 시간이 코앞으로 다가온 시점이었다. 짐도 싸 놓지 않은 친구들이 수영장에서 돌아오지 않으니 선생님께선 나에게 그 친구들을 데리고 오라고 하셨다. 체크아웃까지 정말 10분도 남지 않은 상황에 멀진 않지만 가깝지도 않은 거리의 수영장까지 쉬지 않고 달려갔다. 도착해서 프런트로 가보았더니 아무도 없어 당황스러웠지만 체크아웃시간 때문에 마음이 급했던 나는 수영장 일부를 들여다볼 수 있는 통유리로 향했다. 한참을 들여다보고 있는데 직원이 다가와 다급하게 물었다.

"여기에 내 친구들이 있어. 우리는 숙소 체크아웃을 해야 해. 친구들을 찾을 수 있는 방법이 없을까?"

"너는 수영장에 들어갈 수 없어."라는 답이 돌아왔다.

다시 한 번 질문했다.

"알아. 다른 방법은 없을까?"

몇 초의 정적 후 직원이 답했다.

"그럼 네가 방송을 할래? 여기 마이크 있어."

"그래도 될까? 그럼 할래."

우여곡절 끝에 방송을 했고 겨우 친구들을 데리고 숙소로 돌아갈 수 있었다. 그 후로 며칠간은 이런 상황이 일어나지 않아 마음의 평화를 지킬 수 있었다. 하지만 가장 많이, 그리고 오래 집중을 하도록 만든 상황은 주인공처럼 가장 마지막에 일어났다.

'유로파파크'라는 놀이공원에 들어가기도 전인 그 입구에서였다. 이번에도 역시 선생님은 티켓만 구매하신 후 우리에게 자유시간을 주셨다. 각자 티켓을 받아 입구로 향한 지 채 몇 분도 되지 않아 다른 줄에 서서 먼저 들어간 줄 알았던 동생들이 찾아왔다.

"누나 저 아저씨가 우리 티켓 가지고 가서는 안 돌려주는데?"

대체 이게 무슨 상황인가. '인종 차별하는 새로운 수법인가?' 하는 생각도 들었다. 마음을 단단히 먹은 후 동생들의 티켓을 뺏은 (이 때까지만 해도 뺏은 건 줄 알았다) 직원에게 다가갔다,

"무슨 일이야?"

나의 질문에 직원은 나에게 답을 하는 대신 동생들에게 질문을 던졌다.

"How old are you?"

동생들의 대답은 "15 years old."였다. 그렇다. 만 나이가 아닌 한국 나이를 대답한 탓에 직원은 동생들이 자기 나이에 맞지 않는 티켓을 샀다고 오해를 한 것이었다. 오해를 풀 기미가 전혀 없어 보였기에 동생들은 결국 매표소에서 티켓을 새로 살 수밖에 없었다.

사실 나는 영어 실력이 좋지 않은데다 모의고사나 듣기 평가할 때 들을 수 있는 느린 속도의 또박또박한 영어에 익숙해진 사람이다. 아

무리 집중하려 해도 또박또박하지도, 속도가 느리지도 않은 영어 대화에 정신을 차리기 힘들었다.

하지만 어떻게는 아는 단어를 듣고야 말겠다는 다짐을 하며 집중했기 때문일까? 생각보다 많은 문장과 단어를 알아듣고 흐름을 파악해 대화를 이어나가고 마무리까지 할 수 있었다. 짧디 짧은 여행 기간 중에 영어 실력을 키우는 것은 불가능한 일이었다. 대신, 최대치의 집중력을 발휘해 만족스러운 결과를 얻었다.

항상 두 마리 토끼를 모두 잡을 수만 있다면 좋겠지만 대부분의 현실에선 불가능하다. 그러니 상황이 여의치 않을 경우 맹자의 말처럼 하기 쉬운 것이라도 제대로 갖추어 두는 것이 좋다.

無或乎王之不智也. 雖有天下易生之物也, 一日暴之, 十日寒之, 未有能生者也. (고자 상편 9)
"왕이 지혜롭지 못한 것은 이상할 것이 없다. 비록 천하에서 가장 쉽게 자라는 어떤 사물이라도 하루 동안만 햇볕을 쪼이고 열흘 동안 차게 하면 살아날 수 없다."

천하에서 가장 쉽게 자라는 사물도 열흘을 견딜 수 없는 것처럼, 끊임없는 집중과 단련은 무엇이든 가능하게 할 것이다. 그러니 지식을 겸비하기 위한 노력도 좋지만 너무 '지식'에만 집착하지 말고 집중력의 중요성에 대해서도 생각해 볼 필요가 있다.

집중할 수 있는 자, 좋은 결과를 얻을 수 있을 것이다!

2장. 꼭 지켜주세요

1. 보안 유지가 뭐길래

 從來沒有一個人一心堅持自己的紀律, 讓別人變得正確. (만장 상편 7)
"자기 지조를 굽힌 자가 남을 바르게 한 경우는 없다."

자신의 지조까지 굽혀가며 스스로도 제대로 지키지 못하는 이가 남이라고 바르게 대할 수 있을까? 거의 불가능에 가깝다. 맹자는 남을 바르게 대하고 싶다면 스스로를 잘 지키는 것이 우선이라는 말을 하고 싶었던 것 같다.

〈통·번역사의 직업윤리〉*

A. 일반적인 윤리원칙

* 고객의 프라이버시와 비밀을 존중한다.

* 당사자의 모든 이해갈등을 공명정대하게 밝히도록 한다.

* 자신의 능력과 자격 수준을 넘어선 일은 맡지 않는다.

* 정보를 정확하고 공정하게 각 당사자에게 전달하다.

* 직업적인 객관성을 유지하고 부적절한 자기 홍보를 삼간다.

* 업무를 수행한 과정에서 취득한 내부 정보를 사익을 위해 사용하
  지 않는다.

B. 윤리적 의무

* 직업적인 객관성, 공평성, 타당성, 비밀을 유지한다.

* 지속적이고 정기적인 직업적 능력을 개발하여 우수한 능력을 겸
  비하도록 한다.

* 자신의 능력을 넘어선 일은 거절한다.

* 일의 조건, 고객과의 관계, 역할 분담 등을 잘 이해시키고 품질 높
  은 서비스를 제공한다. 분쟁해결절차를 준수한다.

UN 통역사가 지켜야 할 지조는 뭐니 뭐니 해도 '보안 유지'이다. 통·번역사의 직업윤리에서는 '보안 유지'의 중요성을 극명하게 보여준다. 이런 기본적인 지조를 지키지 않는 것은 스스로 통역사로서 일

---

* 출처 : http://www.iita.or.kr/sbMn.php?pgNm=comin

할 자격이 없음을 밝히는 것과 마찬가지이다.

영화 'The Interpreter'는 UN 통역사의 보안 유지에 대해 다루고 있다. 스포일러가 될 수 있으니 간략하게 포털 사이트에 나와 있는 정도의 줄거리만 밝히겠다. UN 통역사인 주인공 실비아는 일하던 중 우연히 한 국가 수장 목숨을 위협하는 것을 들었다고 주장한다. 그녀는 이런 발언을 통해 살인자들의 표적이 된다. 그녀를 보호하기 위해 연방 요원이 나서게 되는데 이는 그녀를 보호하기는커녕 더 끔찍한 상황에 몰아넣는다.

사실 영화라 극단적으로 그려진 부분이 없지 않을 것이다. 하지만 어떤 이유에서든 주인공이 '보안 유지'라는 직업윤리를 지키지 않았기 때문에 벌어진 일들이라는 것만은 분명하다.

맹자의 말처럼 통역사라는 직업을 가짐으로 꼭 지켜야 하는 것조차 지키지 않는다면 과연 일상생활이나 다른 직업을 가졌을 때 상대가 신뢰를 가질 수 있겠는가?

특히 UN에서는 유튜브 생방송을 지원하는 공개적인 회의도 진행하지만 우리가 모르는 비공개 회의도 진행한다. 물론 비공개 회의에도 통역사는 필요하다. 사실 꼭 UN에서 주최하지 않는 국제회의 및 거의 모든 회의에 참가하는 통역사들의 계약서에는 가장 첫 번째로 '보안 유지' 조항이 명시되어 있다고 한다.

하물며 국가기밀을 다루는 내용을 통역하는 이들은 어떻겠는가? 그래서일까? UN 공식 인스타그램 계정을 팔로우하고 있으나 다른 부서의 Chief에 관한 게시물은 종종 보았으나 단 한 번도 통역 부서장에 대한 게시물은 보지 못했다. 언젠가 UN군 소속 군인은 자신의 신분을 노출시켜서는 안된다는 뉘앙스의 이야기를 들은 기억이 있다. '통역사도 마찬가지인 걸까?' 하는 생각을 하게 되니 장래희망이

왠지 낯설게 다가왔다. 이 모든 건 나의 추측일 뿐 공식적으로 알려진 바는 아니다.

지금까지 내가 쓴 모든 내용은 공식적으로 알려진 내용을 보고 나의 생각을 덧붙인 것에 지나지 않기에 실제 UN에서 통역사로 일하셨거나 하고 계시는 분과의 인터뷰를 진행해 보고 싶었다. 그래도 소셜 미디어는 하지 않을까 하는 아주 작은 희망을 가지고 구글, 인스타그램 등 며칠간 UN 통역사를 찾는 데에만 집중했지만 결국 찾지 못했다. 나의 앞길을 잘 다져 언젠가 영화 속 니콜 키드먼처럼 UN에서 통역사로 일하기를, 영화 속 그녀와 달리 함정에 빠지지 않는 UN 통역사가 되기를 간절히 바란다.

2. 거절할 줄 알아야 한다

請損之, 月攘一雞, 以待來年, 然後已.' 如知其非義, 斯速已矣, 何待來年.
(등문공 하편 8)
"그 사람은 '훔치는 숫자를 줄여 한 달에 한 마리씩만 훔치다가 내년까지 기다린 후에 그만두겠다'고 했다고 하오. 옳지 못하다는 것을 안다면 빨리 그만두어야지 어째서 내년까지 기다린단 말이오?"

법이 잘못되었다면 즉시 바로잡아야 한다는 의미이다. 맹자는 그 예로 옳지 않은 행동임을 자각했으나 바로 그만두지 않는 이의 예를 들며 그 잘못을 지적하고 있다. 회의와 본인 모두에게 악이 될 수 있는 UN 통역사의 잘못된 행동에는 무엇이 있을까?

바로, 거절하지 못해 일에 허덕이는 것이다. 자신의 능력을 넘어선 일을 거절하지 못해 생기는 문제는 비단 UN 통역사에게만 해당되는 것이 아니라 모든 직업에 해당되는 이야기이다. 그런데도 통역사라는 직업의 윤리강령에 굳이 '자신의 능력을 넘어선 일은 거절한다.'라고 명시해 둔 이유는 무엇일까?

내 경험이 어쩌면 예가 될 수 있을 것 같다. 지금은 코로나19 확산을 방지하기 위해 조별 수업이나 수행평가를 거의 없애는 추세이다. 고등학교 2학년, 학생 신분을 가진지 어언 10년차인 나는 조별활동에 아주 익숙하다. 조별 수행평가의 경우 '버스'에 비유하는 것을 들어 본 적이 있을 것이다. 활동에 잘 참여하는 사람은 기사, 이름만 올려 점수는 받지만 참여도는 바닥을 치는 사람은 무임승차라 부른다. 지금까지 수많은 조별 수행평가를 해왔는데 그중 십중팔구 무임승차가 존재했다. 수행평가 점수를 잘 받아야 한다는 강박이 있는 나는 항상 기사로서 무임승차를 눈감아주는 편이었다. 초등학교에서부터 대학교까지 무임승차가 난무한다. 오죽하면 이런 사진이 인

조별 과제를 통해 내가 배운 것

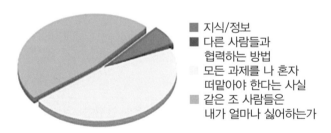

■ 지식/정보
■ 다른 사람들과
   협력하는 방법
   모든 과제를 나 혼자
   떠맡아야 한다는 사실
■ 같은 조 사람들은
   내가 얼마나 싫어하는가

조별과제의 현실을 풍자하는 그래프,
출처: http://cafe.naver.com/goondae/1451714

터넷에 떠돌아다닐 정도이다.

서론이 길었다. 내 인생에서 가장 기억에 남는 기사 노릇은 중학교 3학년의 마지막 졸업식에 쓸 UCC 제작 활동에서였다. 이미 고등학교 지원까지 끝난 상황이었고 수행평가도 아니었지만 기왕이면 우리 조가 만든 UCC가 졸업식 때 우리 반을 대표해서 상영되면 기분이 좋지 않겠는가? 도입부를 카카오톡 상의 대화로 설정해 반 친구한 명 한 명의 사진과 우리 반의 추억이 담긴 사진도 보여주는 것이 좋은 아이디어라 생각했다. 계획한 대로만 잘 제작하면 완벽까진 아니어도 우리 조의 UCC가 선정될 수도 있겠다는 기대도 했다. 하지만 자신들은 아이디어를 내지 않으면서 조장인 나와 내 친구에게 스리슬쩍 아이디어를 내보라는 것을 시작으로 모든 책임을 우리에게 전가했다.

그 무렵 기말고사가 끝나 고등학교 준비를 위해 처음 입시 학원에 등록해 다니던 시기라 '이건 무조건 힘든 일이다.'라는 생각이 들었다. 나와 내 친구가 아니면 UCC를 완성하기는커녕 시작조차 할 수 없는 상황이었기에 어쩔 수 없이 다른 조에서는 6명이서 만드는 UCC를 둘이서 제작하기 시작했다. 너무 무리라는 생각이 들어 맡은 일만이라도 해주었으면 한다는 의사를 표현했으나 돌아온 말은
"너 다른 애들한테는 뭐 하라는 얘기 안 했다던데?"
였다. 이런 상황에서 UCC를 완성할 수 있을 리 만무했고 화가 나기도 하고 속상한 마음에 감정표현을 잘 하는 편이 아니었지만 친구들과 선생님 앞에서 눈물을 보이고 말았다.
그 전부터 무임승차에 힘들었던 경험을 수없이 많이 경험했으나

이 경험은 나에게 결정타를 날렸다. 앞으로는 내 역량을 넘어선 일임에도 알 수 없는 근자감이나 칭찬, 혹은 점수 등에 대한 열망에 "내가 할게!" 하고 무작정 맡지 말자는 교훈을 말이다.

이렇게 수행평가나 단순 활동에서도 역량을 넘어선 일을 맡으면 대참사 아닌 대참사가 발생하는데 각국의 중요한 사안을 나누는 국제회의에서 대참사가 발생하게 둘 순 없지 않겠는가?

한 에피소드를 우려먹으려는 의도는 아니지만 그 때 다양한 경험을 해 계속 언급하는 점에 대해 양해를 구한다. 당시 여행 멤버는 나 이외에는 모두 나보다 한 살 어린 동생들이었기에 선생님께서 다른 친구들에 비해 나에게 임무를 조금 더 많이 부여하셨다.

그중 하나가 '여행 후 UCC 만들기'였다. 공교롭게도 UCC와 관련이 있다. 이 UCC는 우리가 보기도 했지만 여러 목적 중 하나가 부모님께 우리가 어떤 여행을 했는지를 보여드리기 위함이었기에 최대한 친구들의 모습이 나온 사진을 많이 찍어야만 했다.

여행 전 여행에 대한 설렘에 차 뭐든지 할 수 있을 것만 같던 나는 선생님께 긍정의 답을 내놓았다. 하지만 UCC를 제작할 어플을 정하는 것과 첨부할 사진을 정하는 것 등 뭐 하나 쉬운 것이 없었다. 귀국 후 UCC 제출까지 일주일이라는 시간이 있었지만 제출 당일 새벽에 완성해 그날 오후에 겨우 제출할 수 있었다. 그 때 만들었던 UCC 영상 중 한 부분이다. 사진 여러 장을 이어 붙이고 BGM을 넣기만 해 허술하기 짝이 없다.

UCC 제작이라는 임무를 국제 회의였다고 가정해 보자. 사람이 하는 일인 만큼 통역사의 컨디션에 따라 회의 흐름이 바뀔 수도 있는 일이다. UN 통역사가 자신의 역량을 벗어난 일을 거절하지 않고 맡아 이미 다른 일에 지쳐 있다면 제대로 된 통역이 가능할까? 이런 상황이 실제로 벌어진다면 회의장에서의 일은 상상만 해도 아찔하다. 회의 정보가 부족한 것은 당연한 일이다.

거절하지 못한다고 해서 법을 어기는 것은 아니지만 업무 효율이 굉장히 저조해질 가능성이 다분하다. 이 또한 잘못이라면 잘못이기에 자신의 상황을 잘 파악해 능력 밖의 일은 거절해야 한다. 만일 '이 정도는 할 수 있겠지…', '이것도 거절하기엔 눈치 보이니까.' 등의 이유로 수락했지만 생각보다 버겁다면 최대한 빨리 일을 바로잡아야 한다.

직접 만든 독일여행을 주제로 한 UCC

3장. UN 통역사의 미래는?

1. 동료를 사랑하라

友也者，友其德也，不可以有挾也。(만장 하편 3)
"벗을 사귄다는 것은 그 사람의 덕을 벗삼는 것이므로 내세우는 것이 있어서
는 안된다."

맹자는 친구를 사귀는 것은 서로의 덕을 나누는 것이기에 "내가 더
잘났어."라며 내세우는 것이 있어서는 안된다고 말하고 있다. 맹자
가 생각하는 벗과 내가 생각하는 친구의 개념이 조금 다른 듯하다.
하지만 친구를 사귀는 데에 있어 내세우는 것이 있어서는 안된다고
생각하는 점에서 비슷하다.

학생인 나에게 친구란 어떨 때는 가족보다 더 가족 같은 존재이다.
UN 통역사가 되어 만나는 동료와도 서로 친구 같은 관계를 유지하
는 것이 좋다.

박소운 통역사님의 책, 출처: yes24

    국제회의에서 활동하시는 박소운 통역사님의 책이다. 책을 읽기 전 차례를 살펴보는데, 'TIP. 사람에게 상처받았을 때'라는 챕터가 나의 눈길을 끌었다. 회의장에서 만난 통역사들에게 상처를 받고 위축되어 있던 중 동료 선배의 공감으로 마음이 풀렸다는 내용이 담겨 있었다.

    UN은 국제기구인 만큼 개최하는 회의가 통역사로서 참가할 수 있는 회의 중 가장 크다. 그런 자리에서 어느 누가 떨지 않을 수 있을까? 떨림을 얼마나 무시할 수 있는가에 달린 문제일 뿐이다. 모두가 '실수하는 거 아니야?' 하는 걱정을 한다. 당연히 회의 도중 실수라도 한다면 정말 민망함과 떨림이 덮쳐올 것이다.

    회의 후 누군가에게 이 이야기를 털어놓았을 때 그 대상이 다른 직종에 있는 사람이라면 위로를 받을 수도 있겠지만 상황이 잘못 흐를 가능성이 있다. 상대측에서는 위로를 하기 위해 한 말이 예민해져 있는 당사자의 '네가 뭘 안다고 그렇게 얘기해?' 하는 반응을 유발

할 수 있다. 상대측이 같은 직종에 있는 사람이라면 항상 비슷한 상황에 놓이기 때문에 더 잘 공감해 줄 수 있으며 반항적인 반응을 낼 가능성은 낮다. 실수하는 사람이 내가 될 수도, 다른 모든 사람이 될 수 있기 때문에 동료애를 가지고 동료의 정신적 지주가 되어주는 것이 좋다.

고등학교 2학년이 된 지 얼마 되지 않아 비슷한 경험을 한 적이 있다. 학년이 바뀐 후 세계사 시간에 첫 발표 수행평가를 했다. 방학 동안 발표를 전혀 하지 않다가 몇 달 만에 발표를 하려고 하니 친구들 앞이었음에도 불구하고 더 떨렸다. 발표하는 순서도 나밖에 없어 선택의 여지없이 첫 번째라 마음의 준비를 할 수 없었던 나는 떨고 있음을 친구들과 선생님께 여과 없이 들켜버렸다.

개인적으로 좋아하는 주제라 수행평가라고만 생각하지 않고 공부한다는 느낌으로 다른 때에 비해 열심히 준비해서 자신이 있었다. 하지만 떨림을 무시하지 못한 나는 결국 누가 들어도 이상할 정도로 심하게 목소리를 떨었고 설상가상 숨을 잘못 쉬어 "컥!" 하는 소리까지 냈다. 발표가 끝난 후 선생님께서 "잘했는데 왜 이렇게 떠니? 자신감

세계사 시간 발표 ppt, 왜 그렇게 떨었는지 모르겠다.

을 더 가져도 좋을 거 같다."라고 하셨다. '아, 이렇게 올해 첫 발표 점수를 깎아 먹는구나.' 하는 생각에 나에 대한 실망감과 열심히 준비한 데에 대한 허망함 그리고 민망함이 나를 덮쳐 하루 종일 싱숭생숭했다.

집에 가서 부모님께 말씀드렸더니 "그럴 수 있지 뭐~" 하며 호탕하게 웃으셨다. 사실 평소였다면 같이 웃을 상황이었는데 그날따라 부모님이 내 상황을 몰라주는 것 같아 속상했다. 다음 날까지도 민망함 등의 감정을 지우지 못한 나는 학교에서 친구들에게 하소연을 했고 솔직하게 말하면 자신들의 경험을 얘기한 것 이외에는 부모님의 반응과 별 차이가 없었다. 하지만 하룻밤 사이에 마음이 조금 풀려 있었고 나와 같은 처지에 있는 친구들이라고 느껴서일까 위로를 얻을 수 있었다.

앞서 집중력에 대한 부분에서 했던 이야기를 다시 떠올려 보자. 두 사람이 한 부스에 들어가 순수하게 통역만 하는 시간은 최소 2시간 30분. 그 동안 자신의 차례가 아닐 때는 간단하게 사적인 일을 해결하고 와도 괜찮다. 하지만 온 집중을 모아야 하는 2시간 30분이라는 시간 동안 모든 내용을 캐치할 수는 없을 것이다. 그렇기에 최대한 빨리 일을 해결하고 와서는 같이 메모 등을 하며 동료를 돕는 것이 좋다. 경제적인 면에서 한 사람 한 사람이 모두 나의 경쟁자라고 생각했을 때는 '한 명이라도 적어야 나의 수입이 높아질 거야!' 하고 생각할 수도 있을 것이다.

하지만 통역사 윤리 강령에 '자신의 능력을 벗어난 일은 맡지 않는다.'라고 명시되어 있다. 다른 한 명이 없어져 배당받는 일이 많아진다면 과연 모든 일을 감당할 수 있을까? 체력적, 심리적으로도 피로

함을 배로 느낄 것이다. 모든 일이 그렇겠지만 함께 손발을 맞추어 일해야 하면 경쟁심을 느끼기보다는 상부상조하는 것이 훨씬 좋지 않겠는가?

직장 생활을 해본 적이 없어 감히 추측해 보자면 이 또한 학교생활과 비슷하지 않을까 싶다. 누군가에게 받은 상처를 나의 상황을 가장 잘 이해해 줄 수 있는 가까운 이에게 털어놓을 때 가장 위로가 된다. 내가 친구에게 공감을 얻고 마음이 풀린 것, 통역사님이 동료의 공감으로 마음이 풀린 것에서 알 수 있듯 동료는 중요한 존재이다.

지금까지 정신적 지주와 동료애가 필요한 이유에 대해 내 생각만을 정리해 보았다면 마지막으로는 통역사 직업윤리 강령과 행동 강령에 명시되어 있는 내용과 함께 내 이야기를 해보려고 한다. 우선 윤리강령 이야기부터 해보겠다.

윤리강령 중 일반 원칙 3.9 직업적 연대 구축 내용을 보자.*

> 3.9.1 통역사와 번역사는 동료 통역사와 번역사를 존중해야 하며 지원을 할 수 있어야 한다. 이를 통해 통역과 번역 업무에 대해 신뢰를 받고 명성을 얻을 수 있도록 해야 한다.

통역사와 번역사는 개인적인 관심을 넘어서 직업적 지평을 넓혀야 하며 직업에 충실할 수 있어야 한다. 통역사와 번역사는 자기 직업과 동료에게 지지를 보내야 하며 더 많은 관심을 가지고 서로 도와야 한다.

---

* 출처 : http://www.iita.or.kr/sbMn.php?pgNm=comin

쉽게 생각해 보면 서로 지원을 해 통역사로서의 능력을 키워 신뢰와 명성을 얻는다는 의미로 받아들일 수 있다. 하지만 이는 내가 해왔던 이야기만 반복하는 느낌이 들지 않겠는가? 그래서 조금 더 생각해 보기로 했다. 한 번 괜찮다고 생각한 것이 생기니 다른 생각을 하기가 어려웠다.

자신의 결점을 충분히 커버할 수 있도록 노력하는 사람은 있을 지라도 정말 말 그대로 완전한 사람은 없을 것이다. 그렇기에 UN 통역사들 또한 각기 다른 결점을 가지고 있다. 그 결점이 정치, 경제 등의 국제회의에서 다루고 있는 여러 분야에서 보일지, 긴급 상황에서의 업무 처리 방식에서 보일지는 사람마다 다르다. 그렇기에 서로가가진 결점을 부끄러워하며 숨기지 말고 서로 토의, 토론을 하며 여러 사람들이 가진 생각과 정보를 공유해 스스로 발전해 나가야 한다.

조금 부끄러운 이야기가 될 것 같다. 중학교 3학년 마지막 시험의 마지막 날을 하루 앞뒀던 나는 국어 과목뿐만 아니라 역사 과목도 준비를 해야 하는 상황이었다. 국어 과목은 학원에 다녀 준비가 되어있는 상태였지만 역사는 정말 책 한 번 펼쳐보지 않았다. 학원 선생님께서는 수업 시작 후 시간이 많이 흘렀음에도 보내주지 않으셨다. 이에 1분 1초가 아쉬웠던 나의 불안감은 시간이 흐를수록 커졌다. 다행히 같은 학교 친구들밖에 없었던 터라 어렵게 선생님의 허락을 구해 서로 역사 과목 준비하는 것을 도와주기로 했다.

평소의 나였다면 자존심 때문에 몰라도 아는 척했겠지만 시험까지 12시간도 채 남아 있지 않았기에 나는 솔직하게 털어놓는 방법을 택했다.

"얘들아, 사실 나 역사 공부 하나도 안 했어…."

"아, 그래? 그럼 우리 문답할래?"

정말 고맙게도 친구들이 문답이라는 방법을 먼저 제안해 줬고 돌아가며 문답을 진행했다. 불행 중 다행이라고 해야 할까? 복습을 하지 않았을 뿐 수업시간에는 딴 짓 하지 않고 열심히 듣고 필기해두었기에 나도 다른 친구들에게 질문을 던지고 답변에 간단한 피드백을 해줄 수 있었다. 친구들과 문답을 시작한 지 얼마 지나지 않아 선생님께서는 우리를 집에 보내주셨고 집에 도착한 나는 친구들과의 문답을 상기시키며 벼락치기를 했다.

3학년 내내 아는 문제에서 틀려 항상 아쉬움을 느꼈다. 마지막 시험의 결과는 그야말로 대성공, 100점이었다. 이 이야기를 적으면서 '아, 내가 너무 이기적인 것 같다.' 하는 생각과 부끄러운 마음이 들어 이 이야기를 쓰는 것이 옳은지 의문이 들기도 했다. 다만 내가 이이야기를 함으로써 전하고 싶은 이야기는 모르는 것을 모른다고 하는 것에 있어서 주저하지 말라는 것이다.

사람은 홀로 성장할 수 없다. 자신이 모르는 것이 무엇인지 알아야 스스로 보완할 수 있고 동료들의 도움을 받아 그 경험을 자신을 발전시키는 발판으로 삼을 수 있다. 동료가 모르는 것이 있을 때 자신이 가지고 있는 정보를 공유해 동료가 발전하는 발판을 만드는 것을 도와줄 수 있지 않겠는가? 그러니 '내가 더 잘났어!'보다는 '같이 나아가자!'라는 마음으로 친구를, 동료를 사랑하고 아끼는 것이 중요하다.

2. 통역 부스는 살아남을 수 있을까?

"구하면 얻고 버리면 잃는다. 구함이 얻는 데에 유익하니, 나에게 있는 것을
구하기 때문이다. 구함에도 방법이 있고 얻는 데에도 명(命)이 있다. 구함이
얻는 데에 무익하니, 밖에 있는 것을 구하기 때문이다."

맹자는 자신이 원하는 것을 얻어 직접 지켜야 한다고 말한다. 얻는
것에 그치지 말고 계속해서 관심을 가지며 그에 대한 마음 또한 지켜
야 한다는 것이다.

2019년 말 코로나19가 전 세계적으로 발발하며 거의 대부분 활동
이 비대면으로 전환됐다. 통역 일도 비대면은 피해갈 수 없었다. 몇
년 전부터 화상 통역에 관한 이야기가 대두되었다고 하는데 코로나
19로 인해 화상 통역 수요가 급증했다. 이런 상황에서 UN 통역사가
새삼 소중함을 느껴 지키려 하는 것은 다름 아닌 통역 부스이다.

포털 사이트에 '화상 통역'이라고 검색해 보면 화상 통역을 지원해
주는 업체의 광고만 15건이 뜬다. 네이버에 광고 등록을 하지 않은
업체나 다른 포털 사이트에 광고를 등록했거나 다른 수단을 통해 광
고를 하는 업체까지 합하면 훨씬 많은 업체에서 화상 통역을 지원하
고 있다.

점점 심각해지는 팬데믹 상황에 UN 또한 화상 통역을 받아들일
수밖에 없었다. UN 홈페이지를 보니 'UN interpreters adapt to new
work modes during COVID-19'이라는 제목의 에세이가 있었다. 내

용은 UN도 화상 통역이라는 방식을 받아들여 공용어 통역 각 부서의 장이 집에서 통역하는 모습이 찍힌 사진과 더불어 공용어 부서장들의 화상 통역에 대한 이야기를 담고 있었다. 항상 회의실 안의 부스에서만 일하던 UN 통역사에게 재택근무는 미지의 영역이라고 한다.

또한 한 가지 주요 과제는 집에서 적절한 장소를 찾는 것으로 최적의 조건에서도 집이라는 공간은 통역사가 업무에 필요한 높은 수준의 집중력에 도달할 수 있는 제한된 부스와 동등하지 않다고 말했다. 첨부한 사진의 주인공인 UN 프랑스어 통역사 부서장인 Veronique Vandegans는 처음 화상 통역으로 전환되었을 때 조용한 분위기를 만들기 위해 집에 있던 남편과 아이들을 집 밖으로 보냈다고 한다. 시간이 흐르고 낯선 업무 환경에 적응한 후에는 아이들을 최대한 조용히 시키기 위해 노력한다고 밝혔다.

사실 평소 UN 통역사들이 일하는 부스의 환경이 어떤지 알지 못해 잘 와 닿지 않을 수도 있어 나의 이야기를 덧붙여 보겠다. 아마 대부분 공감할 것이라고 믿는다. 내 방은 컴퓨터, 빵빵한 와이파이, 책 등 여가활동을 누리기에 충분한 요소들로 가득 차 있다. 불행 중 다행이라고나 해야 할까, 침대는 다른 방에 있다. 다른 방이라고 해도 집 안에 있는 것은 마찬가지이다.

이제 막 고등학교 1학년이 되었을 당시 '새 마음 새 뜻으로 열심히 공부해야지!' 하고 책상 앞에 앉아 공부하기 시작했다. 얼마 가지 않아 '좀 지루한데?' 하며 컴퓨터로 동영상을 보며 여가를 즐기다 피곤해지면 침대에 가 누워서 쉬기 일쑤였다. 또, 아무리 방문을 닫아도 작게 흘러들어오는 거실에서 부모님이 TV 보는 소리. 집 앞 분수대에서 노는 아이들의 웃음소리 등 방 안에 있는 방해 요소 외에도 나의 집중력을 흐트러뜨리는 요소들이 너무 많았다.

집에서 공부할 때 나의 집중력은 다른 요소에 쉽게 흔들려 몇 시간 이어지지 못했지만 학교에서는 정규 수업 시간, 오후 자율 학습, 야간 자율 학습, 심야 자율 학습 시간까지 12시간이 넘는 시간 동안 집중해야 하는데 전혀 문제가 없다. 내가 학교에서 심야 자율 학습까지 하는 날은 이틀밖에 없기 때문에 나머지 날도 집에서도 집중을 이어갈 수 있도록 해야 했다. 결국 독서실에 등록했고 심야 자율 학습이 없는 날과 주말에는 스터디카페에서 오전 1시까지 공부를 했다. 그렇게 나를 방해하는 요소 천지인 집이 아닌 다른 공간에서 공부를 한 결과 기말고사 일부 과목의 성적을 조금 올릴 수 있었다.

이렇게 집은 편안한 공간이지만, 동시에 집중하기 쉬운 공간이 되기는 상당히 어렵다. 통역이라는 일 자체가 여러 언어를 한꺼번에 상기해 의사소통을 도와야 하는 직업이라 앞서 말했듯 집중력 소모가 엄청나다. 혼자 자취를 하는 사람이라면 집 안의 방해요소를 무시하고 일을 하면 문제가 없을 것이다. 하지만 주변에 UN에서 통역사로 일하기를 원하시는 분들을 보면 보통 해외 대학을 졸업한 뒤 그곳과 한국 군대에서 스펙을 쌓으려고 하신다.

대학만 졸업해도 최소 4년, 통·번역 대학원 과정을 이수하기 위해서는 몇 년이 더 추가될 테고 스펙을 쌓은 후 UN에 입사하려면 최소 서른 살 즈음에나 UN 통역사라는 꿈을 이루기 가능해질 듯하다. 그때쯤이면 보통 가정을 꾸리는 시기이기 때문에 업무 방해 요소는 배가 될 것이다. 정확한 통계는 찾지 못해 어떨지는 모르겠으나 UN의 통역 업무는 재택근무보다는 실제 부스에서 하는 것이 효율이 훨씬 높을 것이라 나는 생각한다. 지금은 코로나19라는 전염병으로 화상 통역의 수요가 급작스럽게 증가했을지 몰라도 코로나19가 잠잠해진다면 효율성을 따져 다시 화상 통역의 수요가 줄어들 것이라 조심스럽게 예상해 본다.

3. A.I.는 내 꿈을 좌절시킬까?

人有穩定的生活，就有穩定的心態，沒有穩定的生活，就沒有穩定的心態. 沒有穩定的心，就不會放蕩、偏袒、鋪張、鋪張. (등문공 상편 3)
"백성들이란 안정적인 생업이 있으면 안정된 마음을 가지게 되고 안정적인 생업이 없으면 안정된 마음이 없게 됩니다. 만약 안정된 마음이 없으면 방탕하고 편벽*되고 사특**하고 사치한 행동을 하지 않음이 없게 될 것입니다."

맹자는 역성혁명 즉, 군주가 제 역할을 제대로 하지 못했을 때 왕조를 바꿀 수 있다고 주장했다. 그러니 이 구절은 말 그대로 백성들이 안정적인 마음을 가지고 살 수 있도록, 군주 자리를 박탈당하지 않기 위해 군주에게는 그들의 생업을 보장해 줄 의무가 있다는 의미이다.

4차 산업 혁명 시대가 도래함에 따라 다양한 직업이 A.I.로 대체될 위협을 받고 있다. 통역사 또한 그중 하나로 이미 간단한 통역은 대부분 A.I.가 도맡는다고 한다. 이런 상황 속에서 과연 A.I.는 내 꿈을 좌절시킬 수 있을까? 언젠간 위협을 느낄 때가 찾아올지도 모르지만 적어도 지금은 아닌 것 같다.

＊ 편벽 : 남의 비위를 잘 맞추어 아첨함. 또는 그런 사람.
＊＊ 사특하다 : 요사스럽고 간특하다.

영어 과목 숙제나 영어로 쓰인 자료를 볼 때 스스로 힘으로 해석하기 힘들 때 우리는 네이버 파파고나 구글 번역기를 사용하고는 한다. 해석하는 데에 도움을 주긴 하지만 문장의 완성도가 높지는 않다. 특히 긴 문장을 한꺼번에 검색하면 더더욱 그렇다. 하지만 초기의 번역기에 비해 훨씬 정확해졌으며 일본어를 거쳐 번역하는 경우 문장의 완성도가 더 높아진다. 글로 옮기는 번역뿐만 아니라 말로 옮기는 통역 또한 빠르게 A.I.기술을 도입하는 추세이다.

포털 사이트에 A.I. 통역이라고 검색하면 개인이 구매할 수 있는 A.I. 통역기가 거의 400건에 가깝게 나온다. 이는 A.I. 통역의 수요가 증가하고 있음을 보여준다. 현재는 코로나19로 해외여행 수요 자체가 하락하는 추세이긴 하지만 근 몇 년간 여행안내 등의 간단한 통역업무는 A.I.가 대체하기 시작했다고 한다.

> 관련 산업 종사자들은 "단순 통번역이 아닌 전문 커뮤니케이터에 대한 수요는 유지·확대되고 있다고 주장한다. 그 근거로 논문 영문 초벌 번역, 여행안내, 기업의 만찬 인사 등 단순 통번역은 프로그램으로 빠르게 대체되었지만, 상황과 맥락을 살펴 정확한 의미를 전달해야 하는 고급 통번역 시장은 그렇지 않음을 내세운다.*

기사에서는 '논문 영문 초벌 번역, 여행안내, 기업 오·만찬에서의 인사 등 단순 통번역'과 '상황과 맥락을 살펴 정확한 의미를 전달해야 하는 고급 통번역 시장'을 분리해 언급한다. UN 통역사가 하는 업무

---

* 출처 : http://www.naeil.com/news_view/?id_art=385945

는 단순 통번역보다는 고급 통번역에 속해 있다.

UN 홈페이지에 접속해 보면 UN이 하는 일의 큰 틀을 알 수 있다. UN 자체에서는 평화와 안보*, 인권, 인도주의**적 지원, 지속 가능한 발전과 기후 조치, 국제 법, 국제 이슈, 기록, 공용어, 법률 준수를 다루고 각 산하 기구에서 더 많은 일을 다룬다고 한다.

UN에서 주로 다루고 있는 분야가 현재 세계적으로 영향을 미치고 있고 우리의 미래와 다음 세대와 직접적인 연관 있는 문제다 보니 정확한 의미 전달은 필수적이다. 특히 평화와 안보는 군사 문제와 연결되어 있어 자칫 잘못하면 곳곳에서 벌어지고 있는 분쟁을 악화시키는 요인이 될 수 있어 더더욱 정확한 의미를 주고받아야 한다.

A.I. 통역기는 A.I. 번역기처럼 생활 속에서 접해 본 적이 없어 정확도나 문장의 완성도가 얼마나 높은지에 대해서는 알지 못한다. 하지만 A.I.가 입력된 정보를 번역해 글로 변환하면 A.I.번역기, 소리로 변환하면 A.I.통역기가 아니겠는가? 각국의 정서를 파악해 현지인들이 사용하는 은어의 의미를 제대로 번역하지 못하는 점에서 아직 A.I. 통·번역기의 수준이 그리 높지 않음을 알 수 있다.

예를 들어보자면 '행운을 비는 제스처', '행운을 빌다.'라는 의미를 가진 'cross fingers', 'cross my fingers'를 번역기를 통해 번역해 보자(두 사이트 번역기의 비교는 아니다). 파파고의 경우에는 'cross my fingers'라고 입력하자 '행운을 빌다.'라는 정확한 답을 내놓았다. 구글 번역기의 경우 'cross fingers'와 'cross my fingers'의 의미를 말 그대로 해석했을 때 나올 수 있는 손가락을 교차시킨다는 답을 내놓았다.

이렇게 지원하고 있는 기업 등의 차이는 각 언어를 통·번역하는

---

* 안보 : 1. 편안히 보전됨. 또는 편안히 보전함. / 2. [정치] '안전 보장'을 줄여 이르는 말.
** 인도주의 : 인간의 존엄성을 최고의 가치로 여기고 인종, 민족, 국가, 종교 따위의 차이를 초월하여 인류
의 안녕과 복지를 꾀하는 것을 이상으로 하는 사상이나 태도.

데 있어서 큰 영향을 미친다. 단순 통·번역의 경우 이미 A.I.로 대체하고 있고 현재의 기술로 대체하는 데에 큰 문제가 없다. 그러나 UN 주최 회의나 국제회의, 기업 간의 회의에서 활동하는 통역사를 A.I.통역기로 대체하는 것은 현재 기술만으로 어렵다고 생각한다.

통역사 행동 강령에는 위와 같이 '정확성 유지'라는 항목이 존재한다. 불명확한 것이 있을 경우 상황에 따라 거듭한 질문을 통해 말을 바꾸어 표현하는 등 설명을 요청해야 한다고 한다. 언젠가 등교하는 길에 라디오에서 알파고와 이세돌 전 바둑기사의 이야기를 하며 진행자와 게스트가 A.I.에 대한 주제를 가지고 이야기를 하는 것을 들은 기억이 있다. 몇 달 전 이야기라 정확하게는 기억이 나지 않는다. 어렴풋이 기억이 나는 것은 '딥러닝'으로 컴퓨터를 학습시켜 정보를 넣어준다는 내용이었던 것 같다. 딥러닝 외에도 컴퓨터가 정보를 가지게 하는 방법은 많이 존재한다고 한다. 이런 공학적인 분야에 관심이 많지 않을 뿐더러 문외한인 나이기에 정확하게는 모르겠다.

딥러닝이라는 방법만 보아도 컴퓨터가 인간을 이긴 알파고를 예로 들 수 있기에 A.I.가 가진 정보의 양과 질을 의심할 여지가 없어 보인다. 하지만 A.I.가 아직 인간을 모방하지 못한 것이 있는데, 이것이 A.I.가 통역 업무를 대체하는 데에 큰 결점을 남긴다고 해도 과언이 아니다. 바로 '눈치'이다. A.I.는 인간이 가지지 못한 방대한 양의 정보를 가지고 있으니 불명확한 것이 존재할 가능성과 말을 바꾸어 표현하지 못할 가능성도 매우 희박하다. 하지만 아무리 같은 뜻을 가진 단어라도 사용하는 상황이 완전 다른 경우들도 존재한다. 이때 A.I.통역기는 이를 분별해서 사용할 수 있을까?

몇 년 전 '꽃보다 청춘'이라는 TV 프로그램을 본 적이 있다. 당시 해당 프로그램에 출연했던 배우 조정석은 핫도그 트럭 앞에서 "핫도

번역기의 실수로 깔깔 웃었던 장면
출처 : https://entertain.naver.com/
read?oid=123&aid=0002125069

그 세 개 주세요."라는 문장을 번역기로 번역하는 장면이 나온다. 번역기는 "Please, Hot dog world."라는 이상한 결과를 내놓았고 그 장면을 보고 깔깔 웃었던 기억이 있다.

'세 개'와 '세계' 각각의 두 단어만 들었을 때 발음에서 충분히 헷갈릴 수 있다고 생각한다. 하지만 친구들과의 대화에서 "핫도그 세 개 주문할까?"라고 물었을 때 "뭐? 핫도그 세계?"라고 되묻는 상황은 볼 수 없다. 말로 했을 때 발음 때문에 오역이 있지만 번역기에 글로 입력했을 때 이런 웃음이 나는 상황은 거의 없다. 글로 입력하면 문장의 정확도는 조금 떨어지더라도 의미 파악은 가능할 테지만 UN에서의 회의가 과연 말 한마디 하지 않고 서류 등의 글로만 이루어질 수 있을까? 불가능할 것이라 본다.

　말로 한다면 마이크를 켜고 자신의 생각을 입 밖으로 내면 되지만 글로 입력한다면 자신의 입장을 글로 적어 회의 참여자들에게 전체 발송한 후 각국의 관계자들은 그 글을 복사해 통역기에 붙여 넣어 의미를 파악해야 할 것이다. 이 얼마나 복잡한가? 그렇지 않아도 대략 7시간이라는 긴 시간 동안 회의에 참여해야 하는데 글로 하면 그 시간이 더 길어질 것이다.

　통역을 했으나 듣는 이가 정확하게 이해하지 못했을 경우 듣는 이의 수준을 고려해 맞춤 통역을 A.I. 통역기가 해낼 수 있을까? 아무리 인공지능이 통역사 업무를 대체하는 추세라 한들 이 두 질문은 꼭 짚고 넘어가야 할 문제이다.

　A.I.가 도입되는 분야에서만 부류가 나뉘는 것만은 아니다. 인공지능이 하지 못하는 고도의 지적 업무를 하는 부류와 A.I.도입이 굳이 필요하지 않은 단순한 저수익 업무를 보는 부류로도 구분할 수 있다. (이 이야기는 UN 통역사와 별개로 모든 통역사라는 직업에 대해 언급해야 할 필요가 있다.) 이때 전자의 부류보단 후자의 부류에서 문제가 발생할 확률이 높다. 대부분의 공적인 서류는 영어로 작성하는 경우가 대부분이라고 알고 있다. 요즘은 아주 어릴 때부터 영어를 배우는 추세다. 학교에서 수능을 위한 교육을 받기에 한국인들은 듣기, 말하기 영역은 부족해도 작문, 독해 영역은 꽤 잘 하는 편이라고들 한다.

영어가 전 세계적으로 널리 사용되고 있는 지금, A.I.조차 필요하지 않은 단순한 업무가 있다면 얼마나 있을까. 또한 기업 등 고용주 입장에서 그런 업무를 굳이 추가 비용을 들여가며 통역사에게 맡길 이유가 없다는 것이다. 그렇다면 주로 단순한 업무를 주로 맡았던 통역사들은 실업자가 될 위기에 놓일 것이다.

단순 통역 정도는 통역사나 A.I.가 아닌 개인이 해낼 수 있는 시대에 A.I. 도입은 그 분야에 종사하는 통역사들에게 이야말로 무항산의 상황일 것이다. 단순 업무만을 하지는 않더라도 단순 업무를 주로 하던 이에게 고도의 지적업무를 선뜻 맡길 기업은 없을 것이다. A.I.가 인간의 일을 도울 수는 있어도 인간의 일을 빼앗아서는 안된다. 통역 업무에 A.I. 도입은 통역사들의 의견과 여러 정황들을 파악해 신중하게 결정되어야 할 사안이라고 생각한다.

4. UN은 어떤 사람을 원할까?

無爲其所不爲, 無欲其所不欲, 如此而已矣. (진심 상편 17)
"해서는 안될 것을 하지 않고 욕망해서는 안될 것을 욕망하지 않는 것, 오직 이렇게 하기만 하면 된다."

하지 말아야 할 행동은 하고 싶더라도 참고, 정말 원하지만 원해서는 안될 것 또한 참아야 한다는 의미이다. 금전적 보상을 위해 회의 내용을 팔아넘기지 않는 등 직업윤리를 잘 지키는 사람을 원하지 않을까?

거창하게 다양한 외국어에 능통한 사람이라든지, 국제 정사에 관심이 많은 사람, 평화, 인권 등 문제에 대한 좋은 대책을 떠올릴 수 있는 사람. 적은 내용이지만 리스트를 만들어 생각해 보았다.

다양한 언어에 능통한 사람을 원할까? 통역사로 일하려는데 다양한 언어를 구사할 수 없다는 것은 말이 애초에 말이 안된다. 그리고 국제기구에서 일한다면 대부분 적어도 2개 국어 이상을 할 수 있을 것이다. 그러니 UN에서도 이런 사람을 찾으려 눈에 불을 켜진 않을 것 같다. 패스!

국제 정사 등에 관심이 많은 사람? 세상이 돌아가는 일에 관심이 많으니 국제기구에서 일하려는 것이 아닐까. 또, 이런 분야에 관심이 없는데 어떻게 국제회의에서 제대로 된 통역을 할 수 있을까? 패스!

국제적인 문제에 대해 좋은 대책을 떠올릴 수 있는 사람은 어떨까? 좋은 생각을 낼 수 있는 건 엄청난 능력이다. 하지만 다 같이 머리를 맞대고 최선의 방법을 찾기 위해 국제기구에 모이는데 혼자 괜찮은 생각을 하는 것은 크게 의미가 없는 것 같다. 패스!

처음에 가장 그럴듯해 보인다고 생각했던 세 가지 모두 고민해 보니 너무 뻔하고 당연한 이야기 같아 혼란스러웠다. 오랜 고민 끝에 '가장 기본 중의 기본. 지킬 건 지키고, 하지 말아야 할 건 하지 않는 사람이 오히려 UN에서 원하는 사람이 아닐까?' 하는 결론을 내리게 되었다.

글로벌 시대인 만큼 언어 능력이나 국제 문제에 대한 깊은 고민과 방안을 낼 수 있는 능력을 갖춘 사람들이 많이 존재할 것이다. 하지만 아무리 좋은 능력을 가지고 있다 할지라도 자신의 이익 등을 위해 직업윤리를 저버리는 파렴치한이 된다면 무슨 소용이겠는가.

그러니 예를 들어 직업윤리를 지키기보다 개인으로 챙길 수 있는 한 몫이라는 원해서는 안될 것을 욕망하지 않는 사람. 개인적 이득을 위해 기밀 사항을 누설함이 해서는 안될 행동임을 알고 하지 않는 사람. 전 세계적으로 공동체보다는 개인이 중요시 되는 분위기 속에서 자신의 이익만을 추구하지 않는 사리 분별이 가능한 사람이야 말로 다양한 국적의 다양한 사람들이 모이는 UN에서 진정 원하는 인물이 아닐까?

그렇다면 나는 이런 사람이 되기 위해서 어떻게 해야 할까?

有不虞之譽, 有求全之毁. (이루 상편 21)
"예상하지 못했는데 칭찬받게 되는 경우가 있고, 온전하기를 추구했는데도 비난받게 되는 경우가 있다."

칭찬이나 비난 등 남들의 반응에 휘둘리지 말고 올바른 도리에 따라 자신만의 길을 걸으라는 것이다. 사실 지금은 외부적인 요소 하나하나에 일일이 반응하게 된다.

하지만 UN 통역사가 되기 위해, UN이 원하는 사람이 되기 위해 맹자의 말처럼 외부로부터 방해를 받더라도 '그럴 수 있지.'라는 마음으로 쉽게 넘길 수 있는 능력을 갖추는 것이 좋을 듯하다.

내 생각보다 유혹의 손길이 많을 수도, 적을 수도 있는 일이지만 어떤 상황에서든 바른 길을 선택할 수 있는 UN 통역사가 되기를 바라본다.